夏が僕を抱く

豊島ミホ

祥伝社文庫

目次

変身少女

毬男《まりお》が不良になるんなら私だってなるしかない。

と決めたのは、昼休みにトイレに行く途中で、A組の前に仲間とたむろっている毬男を見た時だった。見知らぬ男ひとり、派手な女ふたりに囲まれた毬男は、学ランのボタンをふたつ外し、さらにその下のシャツのボタンをひとつ外し、首筋の線を白く光らせて立っていた。あの線なんかホントに昔と変わらない、首をきゅっと前に出してもやわらかく見える鎖骨《さこつ》から耳にかけてのラインなんて、女の子みたい。私はついつい、毬男を凝視したまま歩き、前からやってきた柔道部風の角刈り男子とぶつかりそうになる。慌《あわ》てて避《よ》けたところで、毬男の左耳に、ピアスがついているのに気付いた。

うっそー、ピンクだし。花モチーフだし。むちゃくちゃじゃん。でも小さくて細い毬男がやるとなんでもかわいい。私は普段耳に穴を開けようなんて思わないけれど、毬男がしているのを見たら、途端にピアスが欲しくなってしまった。

その瞬間、毬男と喋《しゃべ》っていた女子が、毬男の腕にしなだれかかるようにして言った。

「やあだ、毬男ってばもー」

毬男たちがどんな会話をしていたか、まるで聞いていなかったのに、そこだけ耳に入ってきたのは、それがあんまりデカい声だったからだ。鼻にかかった甘ったるい、そのくせ金属質な塩辛さをどこか残したいやな声。声の主は、クラスも小学校も違う私でも知っている有名人、秋山奈々《あきやまなな》だ。私は歩きながら無理矢理首を反《そ》らして秋山に目をやる。でも、毬男が私の視線に気付かなかったのと同じように、秋山も私がガン飛ばしたところでまるで気付かないらしく、毬男の肩を馴《な》れ馴れしく叩いただけだった。

入学式から一ヶ月経《た》たないというのに、秋山の長い髪は既に明るい茶色で、短いスカートからは細すぎる脚があらわになっている。秋山のミニスカ脚は肌色面積が多すぎて、「細い」とか「かわいい」とか思う前に、「みっだらー」って感じがしてしまうから私は別に尊敬も憧《あこが》れも抱いてない。秋山自身についても、A組の有名人だ、という程度の認識しかなかったのだけれど、トイレのドアをくぐってから、さっきの甘ったるい声を思い出したら、だんだんむかついてきた。

——なんであんな女が毬男と一緒にいるんだろう。この間まで、毬男の隣《となり》にいたのは私なのに。

「なんで」なんて問うまでもない。毬男が不良になったのに、私が不良になってないから、それだけだ。

足を止めると、トイレの薄暗い鏡に、冴《さ》えないおかっぱ頭をした自分の顔が映り込んでいた。垢抜《あかぬ》けない田舎《いなか》娘を絵に描いたような自分の分身をにらみつけ、私は決める。

明日から、いや今日からだって、不良になって毬男の隣に行ってやる。

毬男との出会いは、三歳の春までさかのぼる。

お母さんに連れられていった美容院で、ずっと美容師のおばさんにつきまとっている、天然パーマの小さな男の子が毬男だった。

「この子、菊南《きくな》ちゃんと同い年なの。この辺、年の近い子がいないから、仲良くしてやって」

おばさんは確かそういうことを言ったと思う。毬男は美容院の息子で、私のお母さんがおばさんと同級生なのだった。私は、お母さんがパーマをかけている間、めいっぱい毬男と遊ぶようになった。その頃の細かいことはほとんど記憶にないけれど、パーマ液のつんとしたにおいが染みた家と、赤や青のブロックが山盛りになった毬男のおもちゃ箱ははっきりとおぼえている。

　保育園に入ると、毬男は私の一番の友だちになった。家が少し離れているので、放課後は遊べないけれど、園庭やお遊戯室《ゆうぎ》ではいつも一緒だった。ブランコを二人乗りしたあげく一緒に転落し、私の上になった毬男が、振り返してきたブランコの板で後頭部を強打して二針縫《ぬ》ったことがある。私は幼いなりに罪悪感に駆られたけれど、病院から帰ってきた毬男が、得意気な顔で「俺ぁ菊南を守ってケガしたんだぜ」とみんなに言いふらしてくれたので（とはいえ、どう見てもブランコがたまたま毬男に当たっただけだったけれど）、かえって罪の意識が薄れた。

　毬男はその時、ふわふわの髪を全部刈《か》って坊主にして、小学校三年くらいまでそのヘアスタイルでいた。私を「守って」できた傷は、短い髪の毛の下にいつも赤く短く見えていた。

　小学校に入ると、毬男は高い身体能力でもってみんなの人気者になった。百メートル走もバスケットも跳び箱も、毬男よりできる人はいなかった。私たちの関係は保育園の頃に比べてべったりでなくなり、でも私は友だちのひとりとして毬男を好きだった。小さい頃と変わらず、いきなり後ろからチョップを食らわせてくる毬男の無邪気《むじゃき》さが好きだった。

その、「友だちのひとりとして好き」な時代は、明確な出来事で線引きされて終わる。

五年生の秋の日だ。

台風が来て、学校は早引けになった。午後から突然の風雨になったので、傘を持ったり車に乗ったりした親たちが、学校前の道路を埋めた。

私の家は小学校と目と鼻の先だったし、予報を見て傘を持ってきていたので、親は迎えにこなかった。ただ、あんまり人がごちゃごちゃしているので、もう少し待ってから帰ろうと、下駄箱にもたれて外を見ていた。

たくさんのクラスメイトを見送り、やがて人が引けてきた頃、私の横に、同じように突っ立っている子がいるのに気付いた。毬男だった。向こうから声をかけられた。

「おー、なに、菊南。傘持ってないの?」

「いや、あるけど。あんまり人ごちゃごちゃしてるから」

「ふうん」

と答えて、毬男はいつものように、「最近なんかゲームやってる?」なんて話を始めた。そのまましばらくふたりでお喋りを続けたけれど、ざっと強い雨が玄関の窓ガラスに打ちつけた一瞬、毬男は黙り込んで顔を上げた。その視線を追いかけてガラスの向こうを見た時、あれほどごった返していた児童と保護者は、ひとりもいなくなっていた。

「おや、まだ残ってる子がいるじゃないか。車で送ろうか？」

後ろのほうから教頭先生の声がした。私が返事をする前に、毬男が「大丈夫です、今帰るところです」と答えた。目が合う。

「菊南」

私の目を覗《のぞ》いたと思った毬男は、すぐにこちらに背中を向けた。違う、後の文脈からいえば、後頭部を向けていたのだった。

「俺の傷、まだ残ってるか見て」

四年生辺りから伸ばした毬男の髪は、すっかり長くなって天パが猛威《もうい》をふるっていた。私はその髪に指を差し入れ、よく見知った傷跡の辺りを探った。人のいなくなった校舎に、風雨の打ちつける音だけが聞こえ、不安か期待かわからないものを私の胸に湧《わ》き上がらせる。

「……ある」

私が言うと、毬男はくるりと振り返り、「そっか！」と笑顔を見せた。かと思うと体当たりするようにガラスのドアを押し開け、雨の中に飛び出していった。

息が止まりそうになった。毬男の着ていた水色のTシャツは、一瞬にして青色に濡《ぬ》れ、けぶる雨の向こうに霞《かす》むようにして消えた。

どうしてその一連のシーンが私にとっての毬男を変えたのかは、十一歳の私にはわかっていなかった。今あえて説明するならば——毬男が、親に迎えにきてもらえなかった淋《さみ》しさを、私を「守って」できた傷の確認という代償行為で満たしたことをどこかで感じ、自分がつけた傷をそのように使ってもらったのが嬉しかった——ということになるのかもしれないが、それはあんまり味気ない説明だと思う。

私は嵐に濡れて帰った。傘を置き去りにして、毬男をおっかけるみたいに、徒歩一分の通学路を走ってみた。その行為だけで説明は十分だろう。

次の日から、私は毬男がいとしくてしょうがない。時間が経つにつれて、昔の親密さはゆっくりと薄れていったけれど（それはクラスのどの男女の幼なじみにしても言えることだった）、いとしさは日を追ってふくらんでいった。席替えで自分より前の席に毬男が来ると、その時期は成績が落ちるくらいだった。

そして六年生最後の席替えで、私と毬男は隣同士になった。「最後が菊南かあー」と言ったあと、ニッと歯を見せて笑った毬男の顔は、生涯忘れない、と思った。どんなものだか想像もつかない中学生活なんかより、今この瞬間のほうが百万倍幸せであるに決まってる、と確信した。

で、「想像もつかない中学生活」はこのザマだ。

いや、新しい友だちもできたし、部活はがんばれてるし、「ザマ」ってこともないかもしれない。でも毬男への恋について言えば「このザマ」以外にありえない。

中学に入った途端、毬男は変貌《へんぼう》していた。ふわふわと遊んでいた天然パーマの髪をざっくりと切って茶色く染め、制服は誰よりスマートに着こなしている。「別人」というのとはまた違うけれど（だって毬男は昔からかっこよかったし）、ゲームのラスボスが最終形態になったくらいには変わった。毬男のかがやきは、私ひとりでなく、学校中の誰にでも通用するようになったのだ。みんなが毬男を見る。毬男と似たような雰囲気の人間が、男女問わず毬男の周りを囲む。毬男は休み時間になると、取り巻きに囲まれてA組前の廊下に溜まった。大きな声でけらけらと笑い、そして二度と、私を見ることはなかった。

――なんで？　校舎が変わって、人が増えただけなのに、なんで毬男が変わるの？

理解はできない。それでも、毬男の姿を目に入れた時に私の胸で動く感情の量は変わらず、むしろ小学校の時よりさらに激しくなっていくので、とにかくこの状況についていくしかない、というのが今の結論だ。実際についていけるかどうかはわからないけれど。

トイレを済ませて廊下に出ると、すぐそこがA組の教室であることを思い出した。また毬男の前を、毬男にべったりくっついた秋山の前を通らなくちゃならないのかと思うと腹が立ったけれど、A組前の廊下には人の姿がなかった。次が体育で、着替えに入ったらしい。ドアを閉め切った教室から、男子の声だけがする。

ドアを覗いてみたくなる欲求を抑えてA組の前を通り過ぎ、自分の教室に入った。ドアをくぐるなり、「大内大内《おおうち》ー」と、声をかけてくる奴がいる。窓際の席から、花《か》京院《きょういん》が立ってこちらにやってくるところだった。

「なによ」

つっけんどんに答えてしまう。花京院は私と同じ吹奏楽部《すいそうがく》の男子で、名前だけは少女マンガのヒーローみたいにかっこいいけれど、容姿はお世辞にも良いとは言えない。スタイルこそ悪くないが、髪は昭和の生き残りみたいな坊ちゃん刈りだし、頬《ほほ》にはニキビが花を咲かせ始め、メガネはオシャレじゃないほうの黒ぶちだ。あげく、上の前歯が一本抜けている。毬男の頭の傷みたいなドラマを少しだけ期待して「どうしてその歯、ないの」と入学式直後に話しかけてみたら、「はえかわるところ」とあっさり答えられて衝撃を受けた（こないだまで乳歯かよ‼）。正直、若干《じゃっかん》キモい。その若干キモい花京院が、入学式から三週間ほどで何故《なぜ》だかうちのグループに定着し、なにかと「大内大内」と話しかけてくるようになった。グループ、というのは当然、休み時間一緒に行動したりするアレのことで、通常女子は女子同士でしか組まない。それなのに花京院は、男ひとりで平気な顔して私たちの中に収まっているのだった。

「大内、ちょっとコレやってみろよ。水野《みずの》が持ってきたんだけど、ヤベーよ」

花京院は教室に入ってすぐの私の席まで来るなり、紙切れを差し出してよこした。新しい「数独《すうどく》」の問題らしい。見ると、窓際の席で、水野とエミーが手を振っている。

「私は解けたよおー。エミーは解けなかったけど」

教室の喧噪《けんそう》を無理やり割るようにして、水野が叫んだ。私は机から筆記用具を取り出し、やったるぜー、ってポーズを向こうのふたりにつくってみせる。

さっそく、花京院がくれた問題のコピーに向かった。9×9のマスに、ルールに従って数字を入れていくこの「数独」というパズルは、私たちがグループになって、初めて一緒に夢中になったものだった。計算はしなくていいのだけれど、それなりに複雑で頭を使う。エミーは「流行《はや》らせよう！」と息巻いているけれど、今のところ、クラスで「数独」にハマっているのはウチらだけだ。

私が問題を解くあいだ、花京院は横に立って手元を見ていた。「あ、そっから行くかぁ」「他人が解くとこ見てるとまた違うな」などと独り言を漏《も》らす。あえて答えないことにして黙っていたけれど、パズルに詰まると我慢できなくなってきた。

「あれ？　大内、もう手詰まり？　俺には四箇所くらい突破口が見えるぜ」

花京院の得意気な声が癇《かん》に障《さわ》る。腹が立つと、さっきの光景——廊下で見た秋山と毬男の姿——がよみがえってきて、私はペンを置いた。

——こんなことしてて、毬男の隣に行けるわけがない。

毬男は紙とペンを使ったパズルなど、教えたってやらないだろう。友だちと廊下に溜まってケータイアプリで遊ぶことはしても。

「……どしたの。大内、なんか考え事でもあんの」

私が手を止めて黙ったのを見てか、今度はいかにも様子をうかがうような調子で花京院が言い出したので、苛立《いらだ》ちが頂点に達した。

「考え事っていうか」

私は頭を上げ、花京院のニキビっつらをにらみつけてやった。

「私、不良になることにした」

その決意表明に、花京院はおろおろと慌て、水野とエミーに報告に行き、私のところへやってきたふたりは何故か爆笑してくれた。「なんで？　なんのために？」「菊南、人間には向き不向きというものがあってね……」なんて、まるで取り合ってくれない。

まあいい。正統派お嬢様の水野にも、あくまで校則の中でおしゃれしようとヘアピン十本使って謎のまとめ髪をつくって登校するエミーにも、はなからわかってもらおうとは思っていない。

花京院だけは、部活の時間になってもおろおろしっぱなしで、パート練習の合間に「家のこととかで悩みがあるんじゃないのか？」「俺だけには話せ！」と真剣な顔で耳打ちしてきた。「お前は金八《きんぱち》かっつーの」と流しておいた。

「不良さん、寄り道して帰りますか？　喫茶店にでも」

部活が終わると、水野がさっそく茶化《ちゃか》してきた。エミーが笑いながら割って入ってくる。

「『喫茶店』っていつの時代の不良だよ。コンビニの前にしゃがみ込んで溜まるのが平成のスタンダードなのよ。ねー菊南？」

「馬鹿にしちゃって」

私はむっとした顔をつくってみせたけれど、実を言うと、自分が不良の「行動」についてはまるで考えていなかったことに気付いて焦っていた。秋山と同じように髪を染めようとかスカートを短くしようとか、「服装」のほうにしか考えが及んでいなかったのだ。

でも、コンビニの前に便所座りでしゃがんだからって、毬男に近づけるとはとうてい思えない。やっぱり「服装」からだ。そもそも、どうして自分から毬男に声をかけることができないかと言えば、服装で壁を感じるからだ。コレをどうにかするのが先決だろう。

「より不良になるために、今日はまっすぐ帰る」

私は楽器の入ったケースを棚に押し入れると、速攻で部室を後にした。大股《おおまた》で歩いて校舎を出る。それにしても、徒歩通学ほど絵にならんもんはないな、と思い、不良らしく自転車通学の方法を考えようと決めた。

家に帰り、夕飯を済ませてから、私はお母さんに切り出した。

「ねえお母さん、私の制服のスカート、ちょっと長すぎると思うんだけどお……」

洗い物をしていたお母さんは、こちらを見ることなく「そう？」と適当な返事をよこした。

「ちょこちょこっと……こう、裾《すそ》を上げたり、してくれませんか？」

勇気を出して言ってみたつもりだったのに、お母さんは、「でも、一年生だしねえ」とまだ生返事だ。今日明日のことだとは思っていないらしい。

「私、お願いしてるんだけど。今すぐして欲しいって言ってんだけど」

強い口調で言うと、お母さんはやっとのことで振り返った。「はあ？」と言いたげに顔をしかめる。

「今忙しいのよ。そういうのは、時間のある時にお店に頼むことでしょう」

――お店！

また、自分の考えていなかったポイントを指摘されてはっとする。そうか、裾上げって、店でやってくれるものなのか……でも、何屋で？　制服を買った、商店街の小さな洋品店でやってくれるものなのだろうか。それとも、クリーニング屋さんとかに行けばいいのか。あるいは柏《かしわ》とか大きな街に行くとそういう店があるのか。まるでわからないし、そもそもお金がいくらかかるかわからないので、やはり裾上げくらいは家で済ませたい。

「いいじゃん、どこんちのお母さんもこれくらいやってくれるよう。それともお母さん、裾上げもできないの?」

ちょっと挑発しただけのつもりだったのに、お母さんは今度は声に出して「はあ?」と言うと、洗剤で濡れた手を振って怒った。

「なに馬鹿なこと言ってんの! どうしたのよ、菊南らしくもない」

頭ごなしに否定されると、こっちもかちんと来る。

「私らしいってなによ、そんなの誰が決めんのよ、勝手に決めないでよ! 私スカート短くしたいの!」

私が言い返すと、お母さんはいよいよ呆《あき》れたという顔になって、洗い物に戻った。

「裾上げは、してあげません。それが中学生にふさわしい格好だと、あたしは思ってるからね」

突き放すような口調で言われる。これはなにを言っても無駄だ、と判断して、キッチンを出た。階段下の納戸《なんど》に行き、ホコリをかぶったミシンを取り出す。

居間に持っていってミシンのカバーを開けると、ひとりで晩酌《ばんしゃく》をしていたお父さんが「なんだなんだ」と言った。テレビからは巨人戦が流れている。

「菊南、宿題か?」

事情を知らない上、酔っぱらっているお父さんは、機嫌良さそうに話しかけてきた。私が「スカートを短くするの」と言うと、「そんなことができるのかお前！」と言い出す。

「すごいなー、お父さんが知らない間に裁縫《さいほう》ができるようになってたんだなあ」

目尻を垂らして笑っているので、お父さんに嫌味のつもりはないらしいが、私は裁縫が得意じゃない。むしろ、小学校の時から家庭科は苦手だ。でも、裾を上げるくらい、教科書を読めばできるはずだ。

二階に上がって、家庭科の教科書を取ってきた。真新しい中学の教科書には、ちゃんと「裾上げの仕方」が載っている。その前に「ミシンの使い方」のページを探さなくてはならなかったけれど。

私が糸を通すのに苦戦している間に、洗い物を終えたお母さんがやってきた。ミシンに目を留めるなり、「やめなさいっ」と怒鳴《どな》る。

「なに考えてるのアンタ！　できるわけないでしょう」

「できるもん」

ひとことだけ返事をして作業を続ける。横でお父さんが、「まあいいじゃないか、女の子が裁縫に興味を持つのは」と口をはさむのが聞こえた。

んです」

「女の子とか男の子とか関係ないでしょう。制服をいじることがダメだって言ってる

「いじるったって……丈だろ？　俺思ってたんだけど、菊南のスカートはあんまり長過ぎだよ。俺らの時代なんて、学ランの内側に龍縫ってる奴もいたんだから、それに比べたら丈の調節くらいかわいいもんじゃないか」

「あなた、菊南が女子高生みたいな短いスカートをはいていていいって言うの？　だいたい男がスケベだからこういうことになるのよ！」

「スケベとはなんだ！」

話が無駄にややこしくなってきている。あげくテレビの中で巨人がホームランを打たれたのが見えたので、私は教科書とミシンを抱えて居間を出た。「菊南！」とお母さんの声が追いかけてきたけれど、無視して階段をのぼる。

最初からこうすべきだったのだ。不良は親なんか無視して、自分の部屋にこもってなんでもやってしまうのだ。私は普段、居間で晩酌するお父さんの横で宿題をやるけれど、そういうのは絶対「いい子文化」の行為だ。

私は自室に入ってひとり、ミシンと向かい合った。階下からはお父さんとお母さんの言い争う声が聞こえていたけれど、三分もすると止《や》んだ。

ミシンはまるで言うことをきかなかった。小学校の時使っていた裁縫箱から、端切《はぎ》れを出して試し縫いしてみたけれど、思うままに直線を縫うことすら難しい。しかも、ちょっとしたことで糸が絡《から》み出すと手に負えなかった。

こんなんでスカートが縫えるわけがない、と思った。けれども、ここで挫折したら、永遠に不良になれない。なんとしてでも今日じゅうにスカートの裾上げを終え、明日の教室にセンセーショナルに登場してやる！　と決め、今度は手縫いで取りかかった。時間はかかるかもしれないが、ミシンよりはまだ手に負える。

途中でお風呂に呼ばれ、階下におりると、お母さんは涼しい顔で「ミシン、戻しておきなさいよ」と言った。ミシンの音が止んだので、あきらめたものと思っているらしい。私は大人しくミシンを持ってきて納戸に戻し、お風呂に入ったあと、針でスカートと格闘を続けた。眠くなってきて、何度も指を刺した。けれども、毬男と過ごした小学校時代のことだけを考えて頑張った。

翌朝目を覚ますと、私は床で羽根布団をかぶって寝ていた。まさか途中で寝てしまったのでは、と気付いて血の気が引いたけれど、バンソーコーだらけになった手の横に、ちゃんと短くなったスカートが置いてあった。

──あ、やり切って寝たんだ……。

すごい。私はこれで、昨日より確実に毬男に近づけた。

興奮してさっそく制服に着替えた。しかし、鏡に映った自分の姿を見て、私は愕然《がくぜん》とする。

スカートが短すぎる。秋山どころじゃない、しゃがんだらワカメちゃんばりにパンツが丸見えになるマイクロミニだ。そしてそれだけじゃなく、私の手による縫い目はガタガタで、スカートの裾は歪《ゆが》み、あちこちにみっともないたるみができていたのだった。

「馬鹿ッ！」

階下におりていくなり、台所から出てきたお母さんに怒鳴られた。私はあっけなく泣いた。

「なに考えてんの、スカートはそれ一着しかないでしょう！　あんたもう学校休みなさい、そんな格好で人前に出たら一生の恥《はじ》だわ」

お母さんがまくしたてると、「朝からなんだよ、まったく」としかめつらのお父さんが居間から出てきたけど、私のスカートを見ると、助け舟を出してくれることなく絶句した。

私は本当に学校を休むつもりでえんえん泣いていたのだけれど、お母さんは食卓をほったらかしてどこかへ消え、戻ってきた時には別のスカートを手にしていた。

「お隣の、佳代子《かよこ》ちゃんのスカートだから。帰ってきたらお礼にいきなさいよ」

隣の家の佳代子姉ちゃんは、中学どころか高校もとっくに卒業したはずだったけれど、スカートは確かにウチの制服だった。そして、なんたる幸運か、はいてみると実にちょうどいい丈のミニだった。秋山よりは少しだけ長いけれど、あきらかに垢抜けた丈。涙は一瞬にして引っ込み、私は軽やかな足取りで学校へ向かうことになった。

「うわっ、ほんとにやりやがった」

私の姿を見るなり、エミーはのけぞった。水野は「まあ！」と珍しげに私の脚を眺《なが》めまわし、花京院はといえば、露骨《ろこつ》に顔を赤くして「どうかな、それは」ともごもご言った。朝っぱらから親の前で鼻水垂らして泣いたことが頭の隅にはあったけれど、私は得意になって「ふふーん」とポーズを決めてみせた。

「あとは髪だ！　コレをなんとかしないことには、コンビニ前に溜まっても授業サボってもかっこつかないわ」

おかっぱを振ってそう宣言すると、水野が「確かに、今のままだと服と髪が合ってない」と言った。

「でも、染めるの？　そんなことしたら、さすがに先輩になんか言われるんじゃないの」

エミーが顔を曇らせる。文句をつけるというより、純粋に私を心配してくれている様子だった。「平気平気！」と軽く流しておく。

先輩は確かに怖いけれど、吹奏楽部の人間が後輩を呼び出してリンチするとは思えない。意地悪くらいはされても、すべて毬男の傍《そば》に行くためだ。

その日、私はいつ毬男とすれ違えるか、しじゅうどきどきして歩いていた。けれども、今日に限って毬男は教室前に溜まっていない。毬男と会ったら、さすがにこの健康的な脚線美に視線をもらえるのではないか、ついでに「なに菊南、どーしたのよ～」なんて昔みたいに笑いながら話しかけてもらえるかも――と想像していたのに、集まってくるのは毬男以外の視線ばかりだった。しかも、主に女子の。

スカートも私の脚も、ちゃんとかわいいはずなのに、何故だか女の子たちはけげんな目を向けてくる。スカートがちょっとしょうのうくさいからか？　それとも、水野の言うように髪と服のちぐはぐさが目立ってしまっているのだろうか。よくわからない。

結局、毬男とは一度も遭遇できないまま、放課後になってしまった。部活ではさっそく、同じパートの先輩に「なにそのスカート、どうしちゃったの」と軽くいさめられ、横にいた花京院に勝手に弁解された。

「大内、今朝みそ汁をスカートにどばっとやっちゃったらしくてですね、これは隣のお姉さんから借りてきたスカートなんです！」

なんで隣から借りたことを知ってるんだよ！　と思ったけれど、後で花京院が言ったことには、「とっさの嘘《うそ》」だったらしい。練習を終えて部室を出る時、何故か花京院がついてきた。「駅前のスーパーで卵を買ってくるように頼まれてるんだ」と言い訳がましく口走り、あとから廊下を歩いてくる。

そのまま外に出て、ふたりで帰る形になってしまった。お互い無言で、アスファルトの上を歩いていく。住宅と田んぼの間をぬってのびる通学路は、ひたすらに静かだった。

大通りを行く車の音が近付き、薄闇にコンビニの灯《あか》りが浮かんだところで、花京院が口を開いた。

「ホントに髪染めちゃうのかよ」

「染めるけど」

投げやりに返事をして、ずんずん歩いていく。花京院も早足になってついてくる。

「なあ……なに考えてんの、お前。俺たちまだ友だちになったばっかりかもしんないけどさっ、もうちょっと話してくれてもいいんじゃない。エミーだって、お前のいないとこでは心配してたぞ。『ホントはなにか事情があるのかもしれない』って。まあ、水野は面白がってるだけだったけど」

私が返事をしないので、花京院ばかりが喋ることになる。

「いや、ホントに趣味でそうしたいんなら止めないけどさあ。でもあんまり急だから……」

そこまで聞いたところで、私は足を止めた。大通りの信号が赤で、向こうに渡れなかったから――だけど、それだけではない。横断歩道の先にあるコンビニの灯りの下に、毬男の姿を見つけたからだった。

体温が二度上がった気がした。釣り糸にひっかけられたマグロみたいに、私の視線は華奢《きやしゃ》なシルエットに勢いよく引っぱられる。呼びたい、傍に行きたい、とにかく楽しかったあの時間を味わいたい、無数の欲望が胸の中で弾《はじ》けてべっとりと肺にはりつくから息もできない。

――あっ、やばい、私今、花京院とふたりっきりじゃん！　一緒に帰る仲だと思われたらどうしよう！　こんなキモ男と！　こっち見ないで～。やーでもスカートは見て～。

とかルーレットみたいに思考をぐしゃぐしゃと回した後で、しかし、私は、ふと冷めてしまった。毬男が相変わらず、こっちを見そうにもないからだった。

毬男は学校にいる時と同じように、周りに不良仲間をはべらせ、けらけらと笑っていた。ペットボトルを地面に置いて、ゴミ箱の前にしゃがみ込んでいる。隣には例によって秋山がおり、昼だったらパンツ丸見えな格好で体育座りをしていた。今は毬男のほうを見ず、ぽうと光る携帯電話をいじっている。そうして毬男の手元では、煙草《たばこ》の火らしきオレンジの光が、小さくまたたいていた。

私は、昨日より一歩だって毬男に近づけているのだろうか。スカートを短くしたところで、あの人たちとの間には距離を感じてしまう――いや、今この瞬間、感じているのは壁だけだっていうのに。

やりきれなさに拳《こぶし》をにぎりしめた、その瞬間に大型トラックが通り過ぎて私と毬男の間をさえぎっていった。

「大内、俺思うんだけどさ」

思ったより近い場所で花京院の声がした。私のすぐ後ろで話している。

「形なんか変えたって、大内は大内だろ。結局なにも変わらないんだよ」

心を読まれたのかと思って振り返ると、花京院は自信なさげにうつむいて喋ってい
た。赤信号に照らされて、ニキビのあるほっぺたがさらに赤い。

「なにがあったのか知らないけど、大内は大内のまま問題を受け入れるしかないんだ
よ。相談してくれたら、俺たちだって力になる」

花京院の言葉は、私の胸を真ん中から刺した。いや、こいつは相変わらず私がグレ
ようとしている原因を家庭内等の問題だと思い込んでいるらしいことはわかるけれ
ど、それでも別の意味で刺さったのだ。

「問題」は、私と毬男の距離が離れてしまったってこと。それはもう事実で、受け入
れる以外にないのかもしれない。でも私はどうやったって受け入れたくない。

「じゃあどうしろって言うの！」

自分の声が交差点に響くのがわかった。同時に、花京院の頬に差していた光が青に
変わる。

「ばーか！　金八！　ひとりで土手で熱血してろ！」

横断歩道を渡り、コンビニの前を全力で突っ切る。もしかしたら毬男がこっちを見
るかもしれない、と頭の隅で思ったけれど、目が合う期待より、声を上げてなお見つ

けてもらっていない場合の怖さのほうが大きかったから、コンビニのほうは見ないで走った。

花京院は、それ以上追ってこなかった。

ドアを押し開けるとベルがからんと鳴り、記憶の奥にあるのと寸分違わないパーマ液のにおいが鼻に届いた。

「いらっしゃいませー」

接客中だったおばさんが、営業スマイルをこちらに向ける。が、少しの間のあと、

「菊南ちゃん?」と言って満面の笑みを浮かべてくれた。

「やあだあ、こんなにおっきくなっちゃって。久しぶりじゃない!」

土曜日だからか、カット台に座ったおばあちゃんの他に、小学生くらいの子がソファに座って待っていた。つまらなそうに週刊誌をめくっている。

何年ぶりだろう——お母さんはずっとこの美容院でパーマをかけているけれど、私自身はお父さんの行っている近所の床屋で髪を切ってもらうので、ひとりで留守番するのが当たり前な年頃になってからは、お母さんにくっついてここに来ることもなかった。そのあと、毬男と遊ぶためにこの家に来たことも何度かはあるけれど、多分、

毬男が髪を伸ばし始めた頃からはもう、一度も来ていない。とすると、三年は開いた計算になる。

おばさんは「もう、菊南ちゃんも美人になっちゃって!」なんて言いながら私の肩を叩いたけれど、ふと困ったような顔になって言葉を濁《にご》した。

「毬男は、今日は――」

「違うんです」

私はおばさんに笑顔を返す。

「今日はお客で来ました」

そう言うと、おばさんは、「まあまあまあ!」とふたたび顔をほころばせた。「少し待ってもらうけれど、いいかしら?」と言われる。私は、はい、と返事をして、小学生の隣に腰を下ろした。ソファの沈み具合も、横に積み上げられた女性週刊誌の束も、本当に昔と変わっていない。

待っている間、退屈はしなかった。いかにも一般家庭と引き続きの、生活感あふれる店内の様子を、隅から隅まで眺めては思い出と照らし合わせていた。三時になると、壁の時計が鳴って、ピロピロと電子音を奏《かな》でながらメリーゴーラウンドが回る仕掛けを表に出した。あれが見たくて、毬男とキリのいい時間を待ったこともあったっけ。

私の番が回ってきたのは、一時間ほどあとだった。毬男のお母さんとひとつの鏡に映っていることが不思議だった。

「カットにしますか？　――って、それしかないわよね。どんな髪型にしたいとかある？」

「とにかくかわいくして下さい！」

私の返答を、おばさんは笑わなかった。「そうね、とにかくかわいくね」とうなずく。

霧吹きで髪を湿らされてから、私は勇気を振り絞《しぼ》って切り出してみた。

「あのう、カラーリングって、してもらえない……ですよね」

おばさんは手早く私の髪をブロッキングしながら、「そうねえ」と答える。

「菊南ちゃんのお母さんが、いいって言うならいいけど」

――やっぱだめか。

「……言いません、はい」と返事をすると、おばさんは苦笑して「毬男の髪はねえ」と言った。

「アイツが勝手に染めたのよ。春休みに、ひとりで柏の美容院行ったみたいで。もう、あたしには髪触らせてもくれないわね」

お母さんからも、毬男は離れていってしまったのだ。それがわかって、気分が沈みかけたけれど、私は鏡の中の自分と目を合わせて口角《こうかく》を上げた。とにかく、今はおばさんにかわいくしてもらうことだけ考える。

おばさんはてきぱきと手を動かしながら、合間に短く毬男の話をしてくれた。「最近じゃ『おはよう』も言わないのよ」とか「中学に入っても、陸上部続けて欲しかったんだけどねえ」とか、半分愚痴《ぐち》みたいなものだったけれど、時々は私に質問をよこした。「毬男、学校ではどんな感じ?」「もしかしてモテてる?」なんて。

「目立ってますよー。やっぱりかっこいいし。まだ入ったばっかだから、周りの子がキャーキャー騒いだりとかはないですけど。でも、これからモテてくるんじゃないかなあ」

鏡の中の私は、涼しい顔をしてそんなことを口にしていた。本当は、私が一番毬男くんのこと好きですーくらい言ってしまいたいのに。

ハサミが耳元でしゃりしゃりと鳴り、ケープの上に髪が落ちる。長さが変わっているわけじゃないのに、私の髪はどんどん減っていく。

「はい、完成」

おばさんがそう言った時、足元には髪が池のように溜まっていた。そして鏡の中には、さっきまでと全然別な私がいた。アシンメトリーの前髪、梳《す》いた襟足《えりあし》、シャギーの横髪。すごい。おかっぱとはなにもかもが違う。

「染めなくたって、じゅうぶんかわいいじゃない！」

おばさんはそう言って私の肩を叩き、店から送り出してくれた。

新しい髪型は、自分で言うのもなんだけれど、私に似合っていた。まさにこうして欲しかったんだ、と思うようなスタイル。でも店を出る時、私はどこかかなしかった。

あたたかい四月の風が、すかすかになった襟足を撫《な》でる。少し歩いてから振り返ると、いつも美容院のドアから手を振って見送ってくれた小さな毬男の姿を思い出した。


日曜の夜、私はお風呂場で髪を染めた。

都合のいいことに両親は町内会の会合に出かけ、「菊南、先にお風呂入ってなさい」ということになったのだ。今しかない、と思って、昨日の帰りに買っておいたカラーリング剤を開け、髪に塗った。

今しかないしやるしかないのに、迷いはいつまでもついてきた。「染めなくたって、じゅうぶんかわいいじゃない！」と言ってくれた毬男のお母さんのことを思い出し、花京院の「エミーだって、お前のいないとこでは心配してたぞ」という言葉を思い出し、薬を塗る手は何度も止まりそうになった。

刺激臭につつまれて髪が染まるのを待つ間、私は、失敗すればいいのに、と考えていた。不器用な私のことだから、スカートみたいに失敗して、明日の朝泣くはめになるに違いない。そうだ、そうなってしまえばいい。

薬剤は時間が経つにつれて、頭の皮膚《ひふ》をひりひりと傷《いた》ませた。髪の奥が痛むのを感じながら、私は毬男の傷のことを思った。あの怪我《けが》は痛かっただろう、と思い、次に、でもどんなに痛くてもたぶん忘れてしまうな、と思った。だって私も、明日になればこの痛みなんてきれいさっぱり忘れるだろうから。

タイマーできっちり二十分計り終えて、薬剤を流すと、私の髪は信じられないほどきれいな栗色に染まっていた。

九時頃帰宅したお父さんとお母さんは、怒るかと思いきや、「いったいどうしたんだ」「もしかしていじめられてるの？」などと悲愴《ひそう》な顔で二、三言発したあと、「とにかく、今日はもう寝なさい」と言って私を遠ざけた。二階に上がると、階下でもごもごとふたりが話し合う声が聞こえた。ベッドに入っても、ずっと、聞こえていた。

翌朝の学校は先週までの学校と別物だった。

すれ違う人たちは、今度は男女問わず私を見た。なかには「誰?」「かわいー」なんて声もあったけれど、たいていはサーカスの動物でも見るような視線を向けてくる。挨拶《あいさつ》をするくらいの仲だったクラスの子たちは、私の姿を見ると顔を見合わせて戸惑《とまど》い、髪のことに触れずか細い声で「おはよう」と言ってきたり、あるいは私のことを不自然に避けたりした。

「うーん、慣れるしかないのかなあ?　私らが」

エミーは腕を組んで苦笑した。ほんとに、「困った」って感じの苦笑だった。

「個人的にはとっても似合ってると思う!」

と水野は言ったけど、花京院が「俺はそうは思わないね」と口をはさんだ。

「髪が似合ってても、『校則やぶり』が大内に似合ってないもの」

私は、なにもかもがめんどうになった。なんで、髪の色ひとつ変えただけで、みんなこんなに態度を変えるんだろう。先生たちも、授業の始めにぎょっとした顔で私を見るけど、真面目そうだった生徒がいきなり変身したことにどう突っ込むべきか迷うのか、三時間目まで誰も注意してこなかった。

四時間目の体育の時間、私は更衣室に行くふりをして、途中で道を外れた。一階の渡り廊下から外に出、体育着の袋を抱えたまま、ずんずん歩いていった。「不良」のポーズじゃなくて、本当にサボりたくなってしまったのだった。

太陽は頭のほぼ真上にあり、四月にしては暑いくらいの日だった。セーラー服の下で、お腹が汗ばむ。空を見上げると、いったい私はなにをしているんだろう、という気分になった。学校を抜け出したって、全然バレない。太陽だって、私を見てはいない。

特別棟裏の自転車置き場まで来て、砂利を蹴《け》った。石のひとつが飛んで、コン、と音を立てる。こんな音も響くくらい静か、と思ったところで、人の声がした。

「あれ？」

私は弾かれるように顔を上げる。小脇に抱えていた体育着袋を、ぎゅっとにぎりしめてしまう。校舎の壁にもたれるようにして、毬男が座り込んでいた。

「……菊南？　だよなあ？」

周りには誰もいない。校舎裏の日陰で、毬男はくしゃりと顔を歪めた。

「毬男」

私はその名前を声に出して呼んだ。まりお、と口にするのは何ヶ月ぶりかと思ったけれど、考えてみると、小学校の卒業式から、まだひと月と少ししか経っていない。

「毬男ー……」

あんまり簡単に呼べてびっくりしたから、確かめるようにもう一度呼んでしまった。毬男は「おうっ」と返事をして、あの、隣の席になった時と同じ笑顔を見せた。

「まあコッチ来て座れや！　って俺、親戚《しんせき》のオッサンみてえ？　はは」

涙が出そうだった。髪なんか染めなくたって、スカート丈を詰めなくたって、こうして会っていたら簡単に名前を呼べただろう、と気付いてびっくりしたせいだった。

毬男の横の地面に腰を下ろすと同時に、校舎の内側にこもったチャイムが聞こえた。ぬくい風が、ひざこぞうを撫でる。今日の毬男のピアスは、銀の星だ。

「なに持ってんの？　ジャージ袋？」

毬男は、極めてどうでもいいところから話を始める。私が「うん」とだけ返事をすると、「着替えろ着替えろ」と言って笑った。

「着替えませーんー。毬男こそ、そんなん持っちゃって」

私は毬男の手元に置かれた、セブンスターの箱を指した。毬男は今も、火のない煙草を一本、手にしている。

「あ？　コレ？　ふふー。なんか、癖《くせ》んなっちゃってさ。ないと口淋しンだわ」

「ふーん……」

会話は長くは続かない。毬男と話すことなら、でかい辞書一冊分だってあると思ったのに、いざ隣に座ってみると、口にする気になれなかった。この髪、毬男んちのおばさんが切ってくれたんだよ。どうして中学に入るなり変わったの？　最近いつも秋山と一緒にいるね。煙草なんか吸ったら背伸びないよ。すべて、私たちの距離にそぐわない話題に思えてしまう。ああどうせなら、これが四十を過ぎてからの再会ならよかった、おじさんおばさんになってからなら、あんなことしたっけねって小学時代の昔話をできるのに、今じゃまだ若すぎる。

「あの雲、給食のバターロールパンそっくり」

口にすることは、どうでもよいことばかりになってしまう。毬男は「ああ、確かに。腹減ったー、給食まで長《なげ》え」なんて、私の話に乗って笑ってくれるけれど、会話は間のほうが圧倒的に多かった。校舎の陰は、日なたと違って肌寒く、外の世界がまぶしく見えた。

「今日の給食何だっけ？　菊南わかる？」

「あんかけオムレツと、大根サラダと、みそ汁とご飯」

「はあ……スターがいねえ献立《こんだて》だなあ」

チャイムが鳴るまでの五十分間、私は毬男と間の長い雑談を続けた。ふふ、はは、なんて短くて弱い笑いがオマケみたいに会話についた。風船のヘリウムがゆっくり抜けていくように、自分が目に見えない速度であきらめに向かっているのを感じた。今この瞬間も、私は毬男に近付きたくてしょうがないけれど、これ以上なんか近付けないし、これからはもっと離れていくだけなのだ。だってもう話すこともない。

途方もなく遠く思われたチャイムが鳴り、毬男が立ち上がった。お尻を払ってから、手を叩く。「給食だな!」と言ってから、私の顔を見た。

「菊南」

立ち上がって「なに?」と言うと、毬男はくるりと私に背を向けた。

「あの傷、まだある?」

思いもよらないことに胸が縮み上がったけれど、私は五年生のあの日と同じように、毬男の髪に指を差し入れた。そうしてあの日と同じように、嘘をついた。

「あるよ」

髪の奥の傷はとっくにない。あの日だって、ぎりぎり跡を見つけることはできたけれど、かなり薄れていたのだ。それを「あるよ」と言ったのは、直感か、気分か。たいした理由ではなかった。

「そっか！」

毬男は歯を見せて笑うと、ひとりで日なたに飛び出していった。

私はその日、お腹が痛いということにして、給食を食べず早退した。四時間目を休んだことは追及されなかった。

スーパーからカラーリング剤を買ってきて、昼間の風呂で、髪を黒く染め直した。昨日の今日でそんなことをしたのだから、髪はツヤを失い、もとの黒には戻らなかったけれど、後悔はなかった。お母さんがお店に注文してくれた新しいスカートも届き、佳代子姉ちゃんのスカートは菓子折りをつけて隣の家に返しにいくことになった。戻ってきたスカートは、前より少しだけ短くなって、エミーと同じくらいの丈になっていた。

翌日学校に行くと、みんなは元に戻っていた。クラスの子は、少し戸惑いながらもまた挨拶してくれるようになり、先生たちは「髪、さっぱりしたな！」と声をかけてくれた。エミーは「実はどうしようかと思ってた～」ともろにほっとした顔で笑った。「でも前のもかわいかったわー」と水野だけが惜《お》しそうにしていた（お嬢様だけに、変身願望が強いのかもしれない）。でも私の髪のトピックは少しの間話されただけで、昼休みにはもう、みんなで「数独」に戻っていた。

Ａ組の廊下にしゃがみ込んだ毬男とは、何度かすれ違ったけれど、目が合うことはなかった。けれどもホームルームが終わったあと、廊下に出たらいきなり毬男がいて、ぶつかりそうになった。「おわあ」と避けたあと、毬男は「もうサボんなよー」と言って私の肘《ひじ》を軽くどつき、去っていった。

「誰？」

毬男の横にくっついた秋山が、軽く尋ねるのが耳に入る。

「幼なじみ」

と、毬男はひとことだけで答えた。

部活が終わると、また花京院がついてきた。

「今日はなんのおつかいを頼まれたの？」

「オロナミンＣ十本入り……」

金曜日と同じように、薄暗い道をふたりで歩いていく。この間と違うのは、花京院がやたらと上機嫌で、口数が多いことだった。「やっぱり大内は黒い髪のほうが似合うよな。スカートもちょっと、前のは目のやり場にこまるっていうか～」などと、ひとりで勝手に喋っている。わかりやすい。うざい。

「でも、結局さ、なんで茶髪にまでしたわけ？　事情ってなんもないの？」

直球で訊《き》かれたので、私は足を止め、直球で答えた。

「好きな人の真似《まね》」

がーん、と音が聞こえそうなほど花京院は口を開いて絶句した。私は前に向き直って、再び足を進める。

しばらくしてから、「誰！　芸能人？」と花京院の声が追いかけてきた。

「え～もしかしてカトゥーンとかそういうやつ？」

芸能人の前に、同学年の茶髪に思い当たらないとは。馬鹿だなー、と思ったけれど、夜道の中で自分の顔が笑っているのには気付いていた。なんか、おかしい。

大通りの青信号が点滅していたので、私はそのおかしさにまかせて、横断歩道を駆けてみた。夜風が、スカートの裾と軽くなった髪を舞わせる。私はその風を吸いながら、カバンをぎゅっと抱きしめた。

中学を卒業しても毬男のことをまだ好きだったら、こっそり左耳にピアスの穴を開けよう。もちろん、そんなのはまだまだ先の話だけれど。

らくだとモノレール

ＮＨＫの朝ドラがニュースに切り替わるのを見届けてテレビのスイッチを切り、玄関を出る。

きっかし八時半、これがあたしの登校スタート時刻だ。家の鍵をしめて、近道になる非常階段を駆け下りていく。

途中で、黒いアタマが、踊り場に差し掛かるたびちらちらと視界に入った。制服姿の背中。こんな時間にこんな格好で団地にいる奴は、ひとりしかいない。

「らくだっ」

あたしは階段を一段とびに駆け下りて、そいつの首にチョップを食らわせた。

「イデッ」

首のつけねを押さえて、らくだが振り向く。

「ったく、朝から無駄に元気なんだからなあ」

アイロンがうまくかかっていない、襟のよれたシャツと、この辺ではあまり見かけない黒一色の進学校風学生ズボン、それにナイロンの指定カバン。全体的にやる気が感じられないくたくたな格好、いつものらくだスタイルだ。あたしが「イエーイエー」と両手ピースを突き出し、ふりしぼったハイテンションで挨拶すると、らくだは長い首と背を丸めて歩き出した。

「そんだけのエネルギーがあるなら、ちゃんと間に合うようにガッコ行けよ」

靴を引きずるようにして階段を下りながら、らくだが喋る。一歩下りるごとに、伸び切ってぼさぼさの黒い髪が、ねぐせのかたちのまんま上下した。デカい図体《ずうたい》にミスマッチなそのミセージュク感が、ちょっとかわいい。

「小学校から遅刻魔のあんたに言われたくない」

あたしはらくだのねぐせを見つめながら、ぴょっこぴょっこと跳ねるように後をついていく。

「俺はいいんだよ、低血圧だから」

階段を下り切って外に出ると、もろに直射日光が降りそそいでいた。足元に隙間《すきま》なく敷きつめられたレンガのパステルカラーと、道の間を埋めるように生えた芝生《しばふ》の緑が、目を刺してくる。

あたしはらくだと並んで歩きながら、なんとはなしに振り返ってみる。あたしたちが出てきた五階建ての集合住宅、それとそっくり同じに出来た建物が、まるで神経質な子どもの手で作られたブロックの街みたいに、等間隔に並んでいる。いわゆる「団地」だ。そしてその「団地」がさらに敷きつめられた「ニュータウン」に、あたしたちは生きている。東京の西端、多摩《たま》地区。

らくだが無音で、くわっと口を開けてあくびをしたのが見えた。その向こうには、飾り物みたいな山の緑。どうして「飾り物みたい」なんて思うのか、それは多分、今ここに音がないからだ。

きれいにつくられた街の八時半。労働者と学生は外に吐き出され、家に残された主婦たちは洗濯や掃除に取りかかる。外には人の姿がなく、あたしたちは砂漠を渡る旅の商人のようだ。

——いや、「商人」なんてやる気のある感じじゃないよな。もっと、こう。

遭難者。という言葉を思いついた時に、隣からくだの声が割り込んできた。

「いるか、今日何時間目まで?」

らくだはぼんやりと前を見て、相変わらずのたのたと歩いている。「何時間目まで」というのは、あたしたちの間では「何時間目まで授業があるか」ではなく、「何時間目まで出る気があるか」という意味だった。あたしは時間割を思い起こして、五時間目に体育があるのに気付き、「四時間目」と答える。

「へえ。じゃあ俺もテキトーに切り上げてこよっかなー」

七月の陽差しは朝から痛めで、あたしはこれから電車に乗ること、学校に行って漢文にレ点を振ることだの調理実習だの友だちの悩み相談に乗ることだの、全部が面倒くさくなる。

でも気分が滅入《めい》るわけでもない。あたしには同じ面倒くさがりの幼なじみがいて、ラッシュを避けて堂々と遅刻確定時刻にする登校を（駅までだけど）ともにしてくれる。そして、サボリで早退してきても、団地で待っていてくれる。それを思うと、正直いい気分にさえなるんだった。自分の「面倒くさい」っていうポーズが、サマになっている感じがするのかもしれない。

「じゃ、あとでね。もし会ったらだけど」

「おー」

モノレールの駅の前で別れた。あたしはモノレールで、らくだはこのすぐ先にある私鉄を使って、別々の学校に行く。そしてみんなより早く、この街に帰ってくるのだ。

らくだといるか。

そういうふうに、あたしがらくだとセットで呼ばれるようになったのは、多分あたしが七歳か八歳くらいの頃のことだったと思う。「らくだ」はあだ名で、小さい頃、らくだがらくだ色のコートを着ていた時につけられて定着したものだ（もちろん彼に、若くともくたびれたらくだのようなイメージがあったから定着したのだろうが）。あたしの「いるか」は苗字《みようじ》で、「入鹿《いるか》」と書く。珍しい苗字だからか、「美緒《みお》」という下の名前はまったく呼ばれず、最初っから「いるか」もしくは「いるかちゃん」だった。

昔、団地の子たちはみんな、子どもが遊ぶためにつくられた広場で転げ回って遊んでいた。らくだも昔はそうしていたと思う。でも、三年生くらいで抜けてしまった。

「どうしてみんなと遊ばなくなったの？」

うちの真上にあるらくだの家を訪ねて、あたしは訊いた。そうしてみろと、上級生に言われたのかもしれない。らくだは自分の部屋でせんべいをかじりつつマンガを読み、「家にいるほうが楽しいから」とまったくヒネリのない回答をよこした。

けれど、子どものあたしはその回答にびっくりした。子どもというのは外に出て元気に遊ばなければならないものだと信じていたから、「家にいるほうが楽しいなら、家にいてもいい」というらくだの考えは斬新《ざんしん》だったのだ。

以来、あたしはらくだと同じように、外に出ずに放課後を過ごすようになった。あたしも元来《がんらい》、そんなに活動的・社交的な性格ではなかったのだ。代わりというわけでもないけれど、らくだとはたまに遊んだ。お互いの家でゲームをしたりマンガを読んだり、ごくひっそりと。

夕暮れ時、あたしたちは時々、らくだんちのベランダに並んで、「ひまわり広場」と名付けられた団地の真ん中の公園を見下ろした。五階から見ると、人は豆粒だ。豆粒が、ついたり離れたり、ごく小さくとっくみあったりしながら、「遊んで」いる。その様を見下ろすと、あたしたちは下界を見下ろす王様のような気分になって、にやりとしてしまうのだった。

「あっ、らくだといるかだ！」

誰かが気付いてこちらを指さす。「下りてこいよー」「遊ぼうよー」と健気《けなげ》に手を振る子もいれば、「引っ込め！」「こっち見んな！」と怒鳴り散らす子もいた。どちらにせよ、下から呼びかけられると、あたしたちはますますいい気分になって、顔を見合わせてにやにや、にやにやするのだった。らくだは、たまにだけれど、下の子たちに見せつけるように、あたしのアタマをぐいぐいと撫でることすらした。ベランダの錆《さ》びかけた手すりをにぎっていたらくだの手のひらは、少し鉄くさかったけれど、あたしにはそれはいいにおいに思えた。

そんな状態であたしたちが「デキてる」とかいう方向に冷やかされなかったのは、多分年の差のせいだと思う。らくだはあたしの一コ上だった。そして、幼い子どもにとって、一学年違うということは、住む世界が違うということだった。学校ですれ違うらくだは、まったくあたしを見なかった。あたしもそれを特に気に留めなかった。

やがて、下で遊んでいた子たちは、塾通いをするグループと、駅前のショッピングセンターをぶらぶらするグループに分かれ、広場の人影は消えた。あたしたちは、もう「ニュー」でもないこのニュータウンの、最後の世代なんだった。ここには人が居着かない。大人になると皆出ていって、余所《よそ》で子どもを産む。だから人口はどんどん減り、団地ごとにひとつあった小学校は統合された。あたしの小学校にも、五年生の時から隣の学校の子たちが入ってきた。

日ごとにゆっくりと静かになっていく団地で、あたしはらくだとだらだら過ごした。らくだが中学にいた三年間ぐらいは、なんとなく疎遠になったりもしたけれど、高校に入って、異性に対するつまらない照れくささのようなものが抜けると、また一緒に遊ぶようになった。

らくだは十八、あたしは十七。世間では「幼なじみ」と呼ばれる関係なんだろう。

けれど、そんなに甘やかなものでなくって、あたしとらくだはただの友だち。時間が合えば軽いお喋りやテレビゲームで楽しめる、お互い便利な仲間なのだ。

「美緒ー。なにシカトこいてんのー」

教室に入るなり、すみれがずかずかとこっちに歩いてきてあたしの前に立ちふさがった。明らかに怒っている。

シカトこく、というのはなにか、あたしは今学校に着いたばかりなので、ここまで来る間にすみれをシカトしたおぼえはない。ということは、一時間目をばっくれたことについて言っているのだろうか。あ、そういえば今日の一時間目数学だった、あたしがいなかったぶん、出席番号で一コ後のすみれに問題が当たってしまって、それで怒っているのかもしれない。

……とそこまで考えたところで、すみれが携帯を突き出して言った。

「田端《たばた》くんから超凹《へこ》んでるメール来てます！」

「なんだ、それか……」

思わず安堵《あんど》のため息をつくと、「『なんだ』ってなんだ！」とすみれがキレた。

「あんた三回もメールシカトしたんだって？　信じらんない、あたしがわざわざ譲ってあげたのに！」

先日行われた合コンで、すみれが目をつけた男子が田端くんだった（すみれは「メガネ男子、超好み♡」らしい）。しかし彼は粘り強くあたしの隣に居座り、メールアドレスを聞き出して帰ったのだ。

「だって、なんかめんどくさそうな人だったし。メール、あたし『あんまり使わないんだよね』って最初に言ってるのに、かなりどうでもいい文面送ってくるし」

一通目「今なにしてる？」、二通目『さんま御殿』にハリセンボン出てる！」、三通目「今地震あったよね？」――あたしじゃなくても「ビミョー」判定を下さざるを得ないひとことメールたちを思い出すと、体の芯《しん》から脱力してしまう。らくだがごくまれに送ってくる「腹減った。手みやげ持って俺んち来いや！　でもお礼にＷｉｉやらせてあげます」とかいうメールに比べて、あまりにも貧弱すぎる。すみれが突き出した携帯の液晶画面にも「俺美緒ちゃんにシカトされてるような気がするんだけど……凹むわ」と自己完結型の文章が浮かび上がっていた。

「美緒、いっつも『めんどくさい』だよね。そんなんだからいつまでも彼氏できないんだよ！　だいたい……」

すみれが説教を始める。あたしがうなだれてそれを聞き流していると、横にすすすすと人の気配が近寄ってきた。視界の隅に、なにより先に乳が入る。制服のブラウスにつつまれてなおいやらしい、この巨乳は矢部《やべ》っちのものだ。

「すみれちゃーん。別にいいじゃん。美緒は美緒だよー」

顔を上げると、あたしとすみれの間に、眉《まゆ》を八の字にした矢部っちが入っていた。矢部っちが横に立つと、痩《や》せ気味のすみれは骨と皮だけでできているように見えてしまう。しかし気迫では負けない。

「だって！　あたしが合コン行ったのバレて彼氏と喧嘩《けんか》してんのに、美緒が田端くんのハートを無駄に弄《もてあそ》んでると思うとむかつくんだもん！」

キレまくりのすみれは本音と思われるものを叫ぶ。あたしが「弄んでないし……」と小声で反論すると、矢部っちが無駄にうるんだ瞳であたしの顔を覗き込み、「そうだよねえ？」と同情の声をよこした。

「矢部っちうるさい！　あんたはどうせあの合コンで会った男とも彼氏ともやりまくりなんでしょ！　だからヨユーかましてられるだけなんだ！」

教室で「やりまくり」て……と思うけれども、バカだらけの女子高であるこの場所では、どこもかしこもみんなが似たようなことをぎゃんぎゃんわめきたてているので、すみれの発言を気に留める人はいない。矢部っちも、恥ずかしがる様子もなく乳を寄せて「てへっ」と笑っただけだった。

すみれは、ひとつに結《ゆ》った髪を落ち着き無く指でもみながら「あーむかつく！」と言い放った。

「えー、すみれちゃん、要するに男が足りないだけじゃあん。また合コンしようよう」

矢部っちが提案する。すみれはいきなり態度を変えて「おっ、いいねえ」と手を打った。単純な女なのだ。

「美緒も来なよね！」

すみれが腕組みをして言い放つ。結局、あたしたちはいつも三人でかたまっているので、この面子《メンツ》で合コンするしかないのだった。

チャイムが鳴り、あたしたちはそれぞれの席に散った。二時間目は地理。地理オタクである若い男性教師がチャイムと同時に入ってきて教卓に陣取る。あたしは窓際の席から、夏空と、その下にさらされている街並みを眺めて、あたしたちなにやってんだろ、と思った。そして、あたしたちなにやってんだろ、って十年後の自分も三十年後の自分も思ってるんだろうな、と漠然と考え、それからさらにさらに、でもすみれと矢部っちはこういうこと考えるほどヒマじゃないかもしれないな、と思った。

彼氏ってなんだろー、とあたしも十七歳なりの悩みのようなものを胸に浮かべてみる。でも悩むのもめんどくさいし、地理教師の妙に明朗な声が眠気を誘い、あたしは日なたの机の上にアタマを置いてしまった。

「アメリカの南東部は綿花地帯！　この綿花畑っていうのはな、先生見たけどすごいんだぞ、アメリカはなんでもでっかいぞ！」

――先生、アメリカなんて関係ないじゃん。そんなとこ一生行かないよ。らくだんちのベランダで、広場を見下ろしてにやにやしている夢を見た。あったかく幸せな夢だった。

すみれと矢部っちが、同中の友だちに連絡を取り、その日の放課後に合コンする手《て》筈《はず》を整え始めたので、あたしは予定通り四時間目終了後に「ごめん生理痛」という言い訳で学校を逃げ出した。ふたりは、あたしの「生理痛」が月に二回以上あることにいい加減気付いているようで、多少ブーブー言ったけれど、本気で引き止めはしなかった。

嘘をついた罰か、学校から駅まで歩く間に下腹部が重くなってきた。駅のトイレで確かめたら、本当に生理だった。一応、薄いナプキンをあてていたので、下着を汚すようなへまはしなかったものの、一気に気分が重くなる。カバンの内ポケットにある予備ナプキンを取り出しながら、あたしは内心で舌打ちをした。

——あーあ、せっかくいい天気なのにな、サボリ中なのになー。

このぶんだと数時間以内に激痛が襲ってくる。お腹を押さえながら大人しくモノレールに乗り、あたしは地元の駅まで運ばれていった。駅に降りる時には、痛みで脂《あぶら》汗《あせ》が出ていた。それが、アスファルトの照り返しによる暑さの汗と混じり合って、吐き気がするほどの気持ち悪さになる。

こういう時はらくだと出くわしたくないものだ、と思いながら団地まで歩いた。幸い、らくだとも近所のおばさんとも遭遇することなく、家にたどり着く。あたしは鍵を開けて靴を脱ぎ捨てると、ダイニングに置いてある救急箱の前に直行した。わざと眠くなるタイプの鎮痛剤を選んで、飲み下す。制服を脱ぎ捨てて、下着一枚でベッドに入った。

時間よ過ぎろ、とっととあたしを生理のヤマ場から連れ出してくれ。切実にそう願う。布団をかぶって、嵐が過ぎ去るのを待つように、ただじっとしている。じっとしているのもそれはそれでしんどいのだけれど、やがて眠気が漂い始めると、汗が一気に引くような感覚が訪れた。

――あ、寝られそう。

そう思うのと同時に、鉄のきしむような音が、耳にひっかかった。あたしは眠りの淵《ふち》に一歩踏み込もうとしたところで、首根っこをつかまれてしまう。ちょっと肩を跳ねさせて目を開けたら、同じ音がまた、した。ぎっち、ぎっちと不穏《ふおん》な音は、立て続けに何度か耳に入る。

上のほうだ、と気付くのと同時に、あたしは、あ、と小さく声を上げてしまった。あたしは、ベッドにいる。同じ間取りの真上の部屋にも、ベッドがある。あたしは実際に見て知っている、そこにらくだのベッドがあることを。さっき聞こえたのは、ベッドのきしむ音に違いなかった。

「じゃあ俺もテキトーに切り上げてこよっかなー」

今朝のらくだの言葉を思い出し、あたしは反射的に夏掛け布団をアタマまでかぶっていた。

――やだやだ、違うでしょ？

目を強く強くつむり唇を噛《か》む。脳みそが勝手に、あたしの知らないらくだの裸を描く。その合間に、矢部っちのたわわなおっぱいと、すみれの白く長い脚がフラッシュした。女の身体、というもの。

らくだには彼女がいたんだろうか。そんなの聞いたこともないし、考えたこともない。あたしが女子高に通っていて、合コン以外男子と接触する機会がないように、らくだは男子高の生徒だから、女子となんか関係ないものと思っていた。しかも、らくだの通っているところは進学校だから、あたしたちみたいに合コンしまくりなんてこともない。

ベッドのきしむ音は不規則に聞こえ続ける。寝返りを打って生じる音にしてはやっぱり頻繁《ひんぱん》だ。あたしは布団の中でさっきよりも熱い汗を噴き出している。らくだ、彼女いたんだろうか。その人を今、あの中学一年で買い替えた部屋いっぱいの大きなベッドに横たわらせて腰を振っているんだろうか。

——気持ち悪い！

兄弟のセックスを見てしまったらきっとこんな気持ちになるだろう、とひとりっこのくせにあたしは確信する。眠りに落ちようとしていた意識はとっくに冴えて、天井の向こうにかっさらわれていた。考えない、考えたくない、そう思っても無駄で、生々しく金属のきしむ音がするたびに、あたしは奥歯を噛み締めてしまう。聞き慣れたらくだの声に、荒い吐息《といき》が混じる幻聴さえ耳の奥に入り込む気がした。

「きみちゃん……」

女の名前を呼ぶ声が聞こえ、あたしははっと目を開けた。

今のも幻聴？　違う。あたしは「きみちゃん」なんていう名前を知らない。それはあたしの内部からもたらされたものではない。

投げ捨てるように掛け布団を取り払い、あたしは天井を凝視していた。

もう音は降らず、吐息どころか話し声の残響ひとつない。思い切り首を反らして上を見つめたまま、あたしは下腹部の痛みが引いているのに気付く。薬が効き始めたんだろうか。血のかたまりがずるずると身体の内側を滑《すべ》って出ていく感覚だけが、続いている。

次の日、階段で会ったらくだは、あたしの気配に気付いて振り向くなり「結局、昨日早退したの？」と訊いてきた。

あたしはらくだの首に食らわそうとして思い切れなかったチョップを、宙に持て余して「あ」と返事にならない返事をする。

日なたと影とに、直線だけでぱきぱきと分けられた非常階段の、日陰の部分にあたしはいた。らくだが立ち止まったところは日なただった。

「どしたの。なに、お前生理？」

「ちが……そうだけどっ」

「どっちだよ」

らくだはいつもと同じようにちょっとだるそうに笑って、階段を下り始める。あたしは五秒くらい、日陰と日なたの境目の線を越えられずにいた。


無数の丘の間を、モノレールはゆっくりと滑っていく。

左から右へ流れていく、味気ない直方体の建物たち。繰り返し繰り返し、「ニュータウン」があらわれ、あたしの目の前を通り過ぎていく。たまに視線を引く目立つ色の看板は、ショッピングセンターと映画館、小さなアミューズメントが一緒になったフクゴウ型レジャー施設か、そうでなければラブホテルのものだ。

ここは東京の端の端。渋谷《しぶや》も新宿《しんじゅく》も、電車を乗り継げば一時間ちょっとで行けるけど、なにに隔《へだ》てられているのか、あまり遊びに行く人はいない。すみれにしろ矢部っちにしろ、彼氏と一緒に渋谷に出かけたなんて話は聞いたことがない。

昼にショッピングセンターで待ち合わせて、映画を観るなりウィンドーショッピングをするなりした後、駅裏のカラオケボックスに入る。そこで夜になるのを待ってモノレールに乗る。モノレールから見る夜景は、団地の整然とした灯りが丘の向こうまでずっと連なっていて、なかなかきれいなものらしい。そうして、親や近所の人の目の届かない別の街のラブホテルに行って、「ご休憩」する——これがこの街の高校生の、お決まりのデートなんだそうだ。若干の揶揄《やゆ》を含む呼称は、「多摩デート」。

その話を中学生くらいで初めて聞いた時、あたしは心底、くだらないなあ、と思った。どうして恋人と一緒なのに、多摩の外に出てめいっぱい遊ぼうとしないのだろう。自分にいつか彼氏ができたら、電車を乗り継いで江の島《えしま》辺りまで遊びに行こう、きっとそうしよう、と思った。

けれど、あたしは今、窓の外の景色を眺めながら、何故だか喉《のど》の奥にぐっと古布《ふるぬの》のかたまりを詰め込まれたような苦しさをおぼえていた。

——あたしはこの街を出ていくの？

——らくだは、それより先にここを出ていくの？

「きみちゃん」

モノレールの走行音に隠れるようにして、あたしはこっそりとつぶやいてみた。当たり前だけど、その女の顔も声も思い浮かぶことはない。

教室に入ると、窓際の席に座ったすみれが、膝《ひざ》を打ってぎゃっはっはっと大声を立ていた。傍《かたわ》らには、矢部っちが立っているけれどもこちらからは顔が見えない。

すみれがあたしに気付き、一瞬笑い声を止めて手を振った。そしてすぐに腹を折って笑い出した。

「あっ、美緒！　聞いてよこいつさー、昨日合コンで会った男にコスプレさせられたんだって！」

すみれは人さし指で矢部っちを指している。見ると、矢部っちはもじもじとスカートの前で手をいじっていた。

「あ、あたしはしたかったわけじゃないもん。ただラブホに衣装が置いてあったからなりゆきで……」

「でもナースとかじゃなくてエヴァンゲリオン？　の制服だよ！　やばくねえ？　普通ねーだろ、その男絶対下調べしてたんだよ、その衣装が置いてあるラブホを！」

なにがそこまでおかしいのか、すみれはにぎりこぶしで机を叩き始めた。矢部っちは「もー、すみれちゃん笑い過ぎい」とふくれっつらつくりつつも怒っていない。あたしはふたりの顔を交互に見て、それから振り返って教室全体を見渡した。

「……美緒？」

矢部っちの手が、あたしの肘の辺りに添えられる。湿っていて熱いから、見なくとも矢部っちの手だとわかる。

「なにがそんなに面白いの？」

あたしはふたりに背を向けたまま口にしていた。

「セックスってそんなにいいの？」

はあ？　とすみれが一気に機嫌を悪くした声が聞こえ、矢部っちがあたしの顔を覗き込んだ。

「美緒、なんかあったの？」

矢部っちの心配そうな声色《こわいろ》も、黙り込んだすみれの気配も、教室を埋めつくす女の子たちのお喋りも、全部が遠ざかっていって、窓の外の太陽にぐるんと呑《の》み込まれそうな気がした。教室の床に、濃い影が落ちていた。


帰りのホームルームまできっちり授業を受けてモノレールに乗ったら、地元の駅でらくだに会った。ショッピングセンターに通じる駅前広場の丸い柱にもたれたらくだは、まるで誰かを待っているみたいだった。あたしは何故か、その姿を見ただけで、妊婦になったみたいに胸がむかむかした。

「よっすー」

らくだが、あたしを見つけて手を上げる。

「いるかにしちゃ遅い帰還だな」

「……別に」

うまく言葉が出てこない。あたしは自分のローファーのつま先を見つめて答えた。

「どしたの。具合悪いんでねーのお前。生理だし」

あたしが歩き出すと、らくだは隣に並んだ。

「悪、くない多分」

「あー、そう」

早足でがんがん歩いても、らくだは余裕でついてくる。歩幅が違うんだ、と地面を見て気付いた。

「なー、俺ちょっと話があるんですけどー、マック寄ってかない?」

らくだが話しかけてきた。なにそれ、とあたしはまたむかっとくる。きっと「きみちゃん」の話なのだ。俺彼女できたからもうあんま遊ばないかも、なんて話をぬけぬけとするつもりに違いない。

——ばーか、そんな報告いらないっつの、勝手に付き合ってろ。

「寄んない。帰る」

あたしが言うと、らくだはまた「あー、そう」と適当な返事をしてよこした。

「じゃあ普通に帰りながら喋るわ。っつうかお前なんか怒ってるみたいだけど、気ィ遣《つか》うつもりないからね、俺」

なんという物言い。腹煮える、と思いながらあたしはずかずか歩く。らくだは大股で歩きながら口を開いた。

「俺、予備校通うことにした。つうか先週から通ってる」

「は？」

一瞬、拍子《ひょうし》抜けして足が止まりそうになる。そこで思い直して、右足をぐっと前に突き出した。

――だって、予備校通いなんてテキトーな口実かもしれないし。

「まー俺頭いいから今までなんもしてこなかったけど、一応受験生だし。付属のガッコじゃなくて、早稲田《わせだ》行くことにしたから。念のため他の奴らのレベル知っとこーって感じで」

カバンを前後に振りながら、らくだはよどみなく喋る。

「だからお前、放課後うち来てもあんま俺いないよ、ってことで」

ってことでよろしく、まで言ったところで、らくだはあたしの一歩前に出た。広い背中が目に入る。そのまま片手を上げて、遠ざかって行きそうに見えた。

「——ちょっと!」

あたしは反射的にその肩をわしづかみしていた。

「『よろしく』じゃないよあんた! なに勝手に決めてんのっ」

らくだは一応振り返ったけど、目元を引きつらせていた。

「はあ? そりゃ勝手に決めますよ。なんで予備校行くのにお前に断んなきゃいけないの」

「だって——」

——だってらくだがいなかったらさみしいじゃん。

と口走る寸前であたしは舌を嚙んだ。痛い。

らくだがいない団地、を想像する。あたしはひとりで学校に遅刻して、ひとりでこの音のない街の午後に帰ってくる。人気《ひとけ》のない巨大な建物。隣に誰もいないまま見下ろすひまわり広場。そんなのつまんない。つまんない、さみしい。

でもきっと、都心の大学に受かったららくだは帰ってこない。少なくとも、早退したってわざわざ多摩に戻ってくるなんてことはしない。当たり前だ。丘の向こうにはここよりずっと楽しいものがある。本もレコードもゲームも服も、選びようがないほどに溢《あふ》れている。そして「きみちゃん」という女と過ごすんであろう膨大《ぼうだい》な時間も。

あたしはらくだの肩から手を離して黙りこくった。

らくだは足を止めてあたしを見下ろしていた。頭のてっぺんに視線を感じる。

「……いるか、もしや俺のこと好き？」

んなわけないじゃんばか。と言うつもりで口を開いたのに、一瞬声が出なかった。

その隙をつくようにしてらくだが言った。

「それって多分錯覚だぞ。ずっと俺といるから——長くいすぎて、感覚が麻痺《まひ》してんだよ。あ、お前中学から女子校だしさ。他の男見てないから」

やけに冷静に、まるで教師みたいに語りかけられて、あたしはタイミングを逃した。なにか、本当に言うべきことを言うタイミングを、逃してしまった、と直感した。

あたしたちは沈黙した。駅前広場からレンガ道に出て、人通りは一気に少なくなっていた。ヘルメットをかぶった中学生の自転車が、さっと横を走り抜けていく。らくだはじっとあたしの、垂れた頭を見ている。無遠慮なくらいに。

「きみちゃん、って誰」

あたしがようやく頭を振り上げて絞り出した声は、そんな言葉になった。らくだと目が合う。

らくだはみるみるうちに赤くなり、こっちが恥ずかしくなるほど目を泳がせた。それでもごまかされそうな気がしたので、あたしはもう一度繰り返した。

「きみちゃんってどこの誰よ」

らくだは観念したように手で額を覆《おお》うと、ため息をついた。

「やっぱり……あの日お前帰ってたよね、そうだよね」

聞きたくない。らくだに彼女がいるなんて、その女とやったなんて、らくだの口から聞くのは耐えられない。でもあたしはそこから走って逃げ出すほどの気力がなかった。ただカバンの持ち手をにぎって、ぎゅうっと歯を噛み締める。

「後から、あっ、て思ってさー……マズかったよな。でもなんていうの、その時は、後も先も考えらんなかったっつうか」

やけになまなましく遠慮ないその告白に、少々違和感をおぼえた。らくだにしては、喋り過ぎじゃないのか。このままだと、「実は彼女と一緒の大学受けるんだ、それで早稲田行くことにしたんだ」なんてことまで口走られそうだ――そう思った瞬間に、らくだが笑った。

「あっは。ごめーん。やっぱ若い男誰しも、我を忘れてひとりでしまくったりするものさっ」

——は……？

事態が理解できないまま、あたしはらくだの手によって軽く突き飛ばされていた。

——今なんて言った？　「ひとりでしまくったり」？

らくだは「恥ずかしー」と言って勝手にゲラゲラ笑い始めている。

つまり、今の告白が本当だとすれば、「あの場」に女なんかいなかったということだ。「きみちゃん」と呼んだらくだの声は空耳じゃないとしても。

「ふ、普通言う？　それ。あたしまだ十七歳の女子なんだけど……」

拍子抜け、というよりは二、三歩引きたい気持ちであたしが言うと、「え、だって聞かれたものは聞かれたんだからしょうがないじゃん」と開き直り全開の答えがかえってきた。

言われてみると、あたしはあの時、女の声を全く聞いていない。なんでそのことに気付かなかったんだろう（処女だから？）。

「で、『きみちゃん』は？」

あたしが尋ねると、らくだは笑うのをやめて、こっちを向いた。今度は馬鹿笑いでなく、口の端を歪めて小さく笑う。

「いるかの、知らない人だよ。それでじゅうぶんだろ」

「きみちゃん」の夢を見た。

知らない人なのに夢に見るなんておかしいけれど、顔はとりあえず仲間由紀恵《なかまゆきえ》だった。仲間由紀恵の「きみちゃん」が、いかにも頭のいい学校の制服らしい、清潔感に満ちたセーラー服を着て、らくだと電車に乗っているのだった。モノレールじゃない。らくだがいつも通学に使っている私鉄だ。

モノレールは南北に走り、この多摩丘陵のニュータウンを出ることはない。でも、私鉄は東西に走っている。都心の街に通じている。

きみちゃんはらくだと隣り合ってつり革につかまり、電車が揺れるたびにきゃーとかわーとか言って笑っていた。馴れ馴れしく、らくだの肩に手を置く。そうするとらくだはまんざらでもない顔をして、肩にかけた指定カバンを背負い直したりするのだった。

あたしはどこからふたりを見ているんだろう。わからない。夢だから、視点としての自分がない。でも電車が東に——都心のほうに——向かっているのは強く意識していた。そして多分、らくだと「きみちゃん」が終点までその電車に乗っている、ということも。

あたしがそんなことを考えている隙に、ふたりは手をつないでいた。かたくかたく、つないでいた。

「テュリテュヤテュヤテュリテュヤテュヤヤ〜♪」

すみれがパンを片手に歌っている。投げやりに声を出しては空に投げつけるみたいに歌い続ける。

あたしは手すりにもたれたすみれを遠く眺めつつ、矢部っちと並んでパンをかじっていた。

「矢部っち……他になんも買ってこなかったの？」

矢部っちの手の中にあるレモン水を確かめて訊くと、矢部っちは例によって「てへっ」と笑った。

「ダイエットしてるんだあ」

「ふうん」

あたしが答えるやいなや、すみれが遠くからがなりたてた。

「ダイエットなんてなー、したって無駄なんだよお前えー！　痩せたって男は裏切るんだよー！」

小声で「すみれ、またなんかあったの？」と矢部っちに訊くと、「今度は向こうに浮気されたらしいよ」との答えがかえってくる。あたしはまた「ふうん」と答えて、食いちぎったパンを飲み下す。

「美緒、昼ご飯の時までガッコいんの珍しいね。あっ、でも今週ずっとこんな感じかあ」

隣でペットボトルのフタをしめながら矢部っちが言った。

「いいでしょ、屋上ごはん。家とかマックとかよりいいよお」

一時過ぎの屋上には、ほぼ真上から陽が降りそそいで、ばかみたいに暑かった。あたしたちの他にも生徒はいるけれど、数は十人に満たない。真夏の昼休みをわざわざ屋上で過ごす気になる人間なんて、そうそういないんだろう。

あたしはパンを食べ終わると、汚れた手を払って、すみれの横まで歩いていった。

「まってよお」と矢部っちもついてくる。すみれは弱い風に髪を浮かせて、黙って遠くを見つめていたけれど、あたしが隣に立ったのに気付くと、わざとみたいに顔をしかめて言った。

「次の時間進路指導じゃない？　くそだるっ」

矢部っちが手すりから身を乗り出して笑う。

「ねーえ、どこの短大行く？　あたし北海道か沖縄がいいなあ」

「バッカじゃないの、あたしらみたいなバカに、親が金かけて余所に出すわけないじゃん！　短大行こうってだけでもあつかましいわ」

「えーそうなの？」

「そうだよ！」

ふたりの会話を聞きながら、あたしは手すりにあごをくっつけて遠く続く丘の景色を見た。手すりから、いつからくだの手からしたのと同じ、鉄くさいにおいがふわっとせまってきて、一瞬涙で景色が歪んだけれど、すばやくまばたきをして落としてやった。


らくだが駅前の予備校に通うようになって最初の日曜日、夏休み最初の日曜日に、あたしはらくだとデートをした。

きみちゃんってどこの誰、と問いつめたあの日に、「一回だけデートして」とあたしが誘ったのだった。らくだは呆れた顔で「やっぱ好きなんじゃん、俺を！」と言ったけどそれは無視した。

ものごころつかない頃から何百回と遊んできたのに、約束して会うのは初めてだった。「どこでもいいよ」と言われたけれど、あたしは駅前のショッピングセンターを待ち合わせ場所に指定した。そうして、くだらないと思っていた「多摩デート」をした。シネコンで映画を観て、カラオケに行って、「夜景が見たいから」とモノレールに乗った。

日曜夜のモノレールはがらんとして、座席が空《あ》いていた。あたしたちは一番前の車両に並んで座り、終点まで行ってそのまま折り返した。らくだがあたしを好きじゃないので、「ラブホ」は無理なんだった。

「ねえ、結局『きみちゃん』て誰」

「……予備校の先生」

「うそーっ！　年上じゃんっ」

「いいだろ年上でも！　キレーなんだよ！」

「仲間由紀恵みたいに？」

「は？　なにそれ？　根拠なに？」

「別に」

いつも通りの話を大声でたくさんした。「錯覚」なんて言われたから、好きとか言うことはできなくて、ムードのかけらもない会話の中、あたしはちらちらと夜景を盗み見していた。らくだと、夜景。予備校帰りだかららくだは制服姿で、あたしも自分だけキバったらかっこわるいから制服を着ていた。窓に制服姿のあたしたちのツーショットが映り、その向こうを、学校の下駄箱みたいに整然と連なった団地の灯りが、何個も、何千世帯分も、駆け抜けていく。

あたしのこの思いは、錯覚なんだろうか。窓の向こうの半透明のツーショットとニュータウンの灯りを目の裏に刻もうとする、ほんとうに、まぶたを切って今の景色をそのまますっぽりしまえるのならしまっておこうと思う、この心の引力が、ただの錯覚だっていうんだろうか。

もうすぐモノレールはあたしたちの街に着く。思い出なんかにするには、全然足りないのに。

山あいに入って街の灯りが途切れた一瞬に、あたしは言った。

「らくだ、キスして」

「やだ」

色気のない即答が返る。こいつは本当にあたしに気がないらしい。負けじと「ハグして」と言ってみたけれど、返事は同じく「やだ」だった。

「じゃあなんならしてくれるの！」

「なんもしねえよ！」

あたしのわがままをらくだは軽く怒鳴り返したけれど、ふとなにかを思い出したような顔をして、あたしの後頭部に手を置いた。そしてそのまま、がしがしと撫でた。髪がからまる。

「あはは」

らくだは笑った。でもあたしと目が合うと、ふと表情をなくしてしまった。

「泣くなよ～」

と、もう一度あたしの頭に手を当てる。あたしは適当な返事をしようとして口を開いたけれど、入ってきた空気が喉のところで詰まって、泣き声になってしまった。目が合った時、らくだの顔がなにか痛ましいものを見たように戸惑っていたのが残像のように後から浮かび上がってきて、余計に胸を締め上げた。

「きみちゃん」がらくだの彼女だろうが片思いの相手だろうが、それから、らくだが大学に受かろうが受からなかろうが、そして、あたしのこれが錯覚だろうがなかろうが、全部関係なくひとつの事実があって、それは、らくだと過ごした時間は終わってしまう、ということ。

自分が本当にらくだに恋してるかどうかなんてわからない。でもあたしは、この時間が終わってしまうことを、そうだねって大人しく飲み込める気が全然しないのだ。涙でべたついた頬を、らくだの肩に押しつけた。それと同時に窓の外の景色がひらけて、ふたたび小さな無数の灯りが、視界に飛び込んでくる。

あたしだけはここにいよう、この、なんでもあるけどつまんないニュータウンにいつづけてやる、と思ったけれど、この意地にだっていつか終わりがあることを知っていた。

モノレールは高架の駅に滑り込もうとしている。あたしの頭にぎこちなくくっついたまんまの、らくだの手のひらは、昔よりずっと大きい。

あさなぎ

お姉ちゃんのキスを見た。

夏で、わたし三年生、お姉ちゃん六年生。相手は石川研吾《いしかわけんご》くん、お姉ちゃんと同じ六年生で、習字や図画なんかの個人競技で表彰台にのぼることの多い優等生だった。

お姉ちゃんに言われて角の店まで駄菓子を買いにいって、庭に駆け込もうとしたところで、藪《やぶ》のかげに、お姉ちゃんと研吾くんの姿を見つけた。わたしは瞬間的に空気を読んで足を止めた。お姉ちゃんが研吾くんになにごとかささやき、彼の二の腕にやわらかく左手を着地させたところだった。そのまま顔を寄せる。お姉ちゃんの後ろ頭で、二つに結った長い髪がかすかに揺れた。その瞬間はどちらから動いたのかよくわからなかったけれど、ふたりは唇を重ね、長いあいだ動かずにいた。

わたしの背には蟬《せみ》の声が降り、藪には藤色の、南国めいたかたちの花が咲きみだれる。海辺の住宅街はすみずみまであかるい。そう暑い日ではなかったはずなのに、わたしの立った場所からは、研吾くんの整った顔が、眉根だけわずかに歪みながら、紅《あか》く染まっていくのがよく見えた。短い前髪がしっとりと汗ばんでいるのも、そばで見ているようにわかる。戸惑うように半ズボンのポケットにくっついていた彼の右手が、おもむろに宙を割り、藪の枝をすがるようにつかんだ時、心地よい鳥肌がわたしの腰の裏を走った。

わたしは知らず知らずのうち、空いた手でワンピースの裾をにぎっていた。その日着ていたのは、お姉ちゃんとおそろいの黄色いワンピースだった。

我が家のアルバムには、そのワンピース姿で写ったわたしとお姉ちゃんのツーショット写真があり、おまけに背景があの藤色の花をつけた藪なものだから、わたしはアルバムをめくる度《たび》に、あのお姉ちゃんのキスの記憶を塗り替えられ、鮮明なまま保持している。

二十三歳になる今でも。

シャワーを浴び、ショーツだけひっかけてベッドルームに戻ると、薄明かりの中でカシャッという音がした。人工的につくられたシャッター音。ベッドに腰かけた大道《だいどう》さんが、携帯電話を手にしている。

「ちょっと、今撮ったでしょ、ケータイでっ」

バスタオルで身体を拭《ふ》きながら抗議すると、彼はしまりのない顔で笑った。

「アハ。撮りおさめ」

もー、と口で怒っただけで、わたしはタオルを動かし続けた。水滴を払う程度に拭いて、大道さんの隣に腰かける。おデブな彼の身体で凹んだスプリングは、わたしが横に座ったくらいではびくともしなかった。

「画像見して」

と言うと、大道さんは簡単にケータイを渡してくれた。自分で使っているのと同じメーカーの機種なので、操作に問題はない。フォトフォルダから、いろんな日付のついたものを取り出してさくさく見ていく。薄暗いホテルの部屋、ゴミ溜めの上の小舟みたいになっている大道さんの部屋のベッド、名前を知らない遠くの砂浜、いろんなものが背景に写る。でもメインの被写体はすべて、わたしだ。だいたいが裸。時には半裸、まれにコスプレ。

いろんなところでいろんなことをした。わたしと大道さんは、そのための友だちだから。

「うわ、なにこれブサイクッ」

セーラー服をおなかからまくりあげて、乳丸出しでウィンクしている画像がある。わたしはウィンクが下手クソで、片目をつぶろうとしても両目を閉じて片顔しかめただけにしかならないのだった。おまけに量の多い髪を無理やり三つ編みにしている――これは大道さんのリクエスト、「田舎女学生ふう」だったっけ。見た瞬間噴き出してしまったけれど、大道さんは鷹揚《おうよう》な笑みを浮かべながら「イヤイヤ、そこがまたいいんじゃやん。その画像、消さないでね」とのたまった。

「勿体《もったい》ないなあ。園《その》ちゃんみたいな子が見合いなんて」

彼のつぶやきがぽつんと部屋に響いて、わたしは少し淋しくなった。画像をチェックするスピードを上げる。ボタンを押す度に、ピ、ピ、ピ、と電子音が薄闇に浮き上がった。

「なつかしい、これ、山に行ったやつ！」

「あー。草原と園ちゃんっていう絵面《えづら》はよかったけどねー。草、痛かったね」

「しかも蚊《か》にさされまくったよね。あ、大道さんヘソ刺されて！　ますますでべそになったよね！」

「ンなこと思い出さないでよー。てか局部を刺されなかったのは奇跡だねえ」

ケータイの中のアルバムをめくりながら、時々ふたりして声を立てて笑った。わたしは、大道さんといると小さい頃と同じように笑える。だから、こういうふうな関係になったのだろうし、今では彼の無駄な脂肪分でできたおっぱいもどきやら、童顔に似合わない無精髭《ぶしょうひげ》やら、すべてがチャーミングに感じられる。

でも、それはそれ。いたずらっ子同盟みたいな関係も、今日で終わりだ。

「なんで、見合いなんかすんの」

「言ったじゃん。わたしラクに生きたいもん。結婚しない生き方って、たぶんラクじゃないし」

「でも今結婚しなくてもいいじゃん」

「若いほーが売れんだよ。大道さんだってそれはわかるでしょ?」

「でも、でもさー……」

そこまで喋って、大道さんは後ろに倒れこんだ。スプリングが半端なくきしむ。わたしは電子アルバムをめくり続ける。わたしたちが出会い系サイトで知り合って、もう一年だ。一年分のアルバムは、めくってもめくっても終わらない。

「あーあ、勿体ない」

大道さんのため息が聞こえた。と同時に、自分の裸体を見るのに飽きたわたしは、フォトフォルダを閉じ、一定の順序で数字ボタンを押している。データ全消去のコマンド——そして暗証番号確認。大道さんの好きなアイドルの誕生日を入れたら、ピーと長めの電子音が鳴って、「オールリセットされました」というメッセージが表示された。「ちょ、今の音」と大道さんが跳び上がってケータイをふんだくる。間もなく、ぎゃあああと悲鳴が上がった。

「消さないわけないでしょ。すべての証拠はインメツよ」

「だからって……園ちゃんひどい！　名プレイの数々がすべて灰に」

大道さんがうなだれる。アドレス帳まで消去されたのに、それより画像を気にしているようで、無駄にケータイをいじり始めた。丸めた背中の肉付きがさすがにいじましくなって、わたしは乳房を押しつけるようにして彼に抱きつく。

「元気だして！　セフレくらいすぐ見つかるよ。Hな女子は世にゴマンといるんだから」

「いや、その中で俺とヤッてくれる人が何人いるかというと……」

大道さんはしばらくうつむいていたけれど、ケータイを掲《かか》げて急に笑顔を見せた。

「園ちゃん、最後に一枚だけ撮らしてっ。ハメ撮りで」

「アホか！」

わたしは明日見合いする。相手は三つ上のご近所さんで、名を石川研吾という。

ご近所の縁で持ち込まれた話だから、かしこまったものじゃないけれど、一応釣り書きと写真はまわってきた。研吾くんは昔と変わらない、ただタテヨコの比率をちょっと変えて大人風に引きのばしただけの顔をしていた。端整な顔つきの中、わずかに下がった目元が上品なやさしみをただよわせている。初めて見るスーツ姿はとても様になっていた。今は横浜でSEをしているという。蟹《かに》座A型二十六歳、年収五〇〇万。結婚相手としては申し分ない。

多分研吾くんのところには、家事手伝い二十三歳のわたしの釣り書きと写真が渡っている。髪を少しやぼったいくらいシンプルに結い、淡い色のセーターを着て撮った写真には、やっぱり「結婚相手として申し分ない」無欲でしとやかな女性が写っていると思う。

たぶんわたしは、この初めてのお見合いで結婚するだろう。お姉ちゃんとキスした、研吾くんと。

大道さんが本当に残念そうにしていたので、最後に一枚だけ画像を撮らせた。半裸のままベッドに横たわると、こちらを見下ろした大道さんが、「惜しいよ園ちゃん」とつぶやいてシャッターボタンを押した。そのシャッター音は、いつもより少しだけ長く耳に残る。

ただいまを言いながら玄関のドアを開けたら、ちょうど居間から出てきたお姉ちゃんと目が合って驚いた。

「あっ園子《そのこ》ー。遅いじゃん」

巻き髪を肩のところで揺らして、お姉ちゃんが駆け寄ってくる。「なんでお姉ちゃんいんの？」と尋ねると、「やだなー」と近しく肩を叩かれた。

「お見合いのココロエを説《と》きにきたんじゃーん？」

口元に手を当ててあははは、と笑う。お姉ちゃんの唇にくっついた指先は、ラインストーンと桜色のマニキュアで飾られていた。青山のネイルサロンに週一で通うお姉ちゃんの爪は、いつでも隙がない。爪だけじゃなく、唇も髪も脚も、あちこち手が入って武装のにおいがする。

「ココロエは要《い》らないから、そのマツゲの作り方だけ教えてくんな」

軽くあしらうと、お姉ちゃんは「えーっ」と不服そうな声を上げた。

「なによう、先輩の話は聞くもんよ！」

無視して居間に顔を突っ込む。コタツに入っていたお母さんが顔を上げるなり「あら、遅いじゃないの」と言った。

「ごめん。なんか友だちと盛り上がっちゃってさ、初めての見合いを控えてだし」

わたしが用意していた嘘を言うと、お母さんはいぶかしむでもなく、「そうよねえ、今の若い女の子にしたら、他人のお見合いなんて面白いだけよねえ」とつぶやいてすぐテレビに視線を戻した。テレビの中では、芸人が持ちネタを披露《ひろう》している。

「お風呂すぐ入れるから、入っちゃいな」

お母さんも、見合いに対して気張ってはいないみたいだ。少し安心する。でもすぐに後ろから、うざいのがくっついてきた。

「ねえ、あたし上で服選んでるから！　あたしのチョイスで行けばセレブ婚間違いなしっ」

「……勝手にすればぁ」

お姉ちゃんには、もう言うこともない。わたしは大股でお風呂場へ直行する。シャワーを浴びた後だからお風呂に意味はないはずだけれど、明日は研吾くんに会うのだから、ラブホじゃなくて家のお風呂でもうひと流ししておいたほうがいい気がした。

お見合いが決まって初めて研吾くんの名前を出した時、お姉ちゃんはアホづらで言った。

「あー、あたしぃ、その人とキスしたぁ」

わたしとしては「あの研吾くんとお見合いをする」とお姉ちゃんに告げた時、重要なカードを切ったつもりだったのに、お姉ちゃんはそれをかわすでもなく撥《は》ね付けるでもなく、ごく普通に受け止めやがった。

「小六だっけ？　まあ可愛かったよね、彼。あのまま行けば上の下くらいの美男子になってるんじゃない」

――アホだ。ほんとにこの人、アホなんだ。

わたしは心底呆れ、その瞬間までまだわずかにお姉ちゃんに期待していた自分を知った。優等生の研吾くんを口づけひとつであんな淫靡《いんび》な顔にしてしまった、十二歳のお姉ちゃんはもういない。

子どもの頃、お姉ちゃんはすごい人だった。お人形のような大きな瞳に、ぱんぱんにふくらんでよく動く唇、そうしてゆたかな四肢《しし》を持って、すべての人を惹《ひ》き付けていた。それでありながら、驕《おご》りや気張りのようなものがまったくなくて、他の子と同じようにゴム跳びでパンツを見せたりしながら遊んでいた。近所の子たちで集まって遊べば、妹のわたしを含め下学年の子どもの面倒を率先して見る。しかも、お姉ちゃんのそういう行いは、まったく義務感を漂わせない。愛子《あいこ》という名前にふさわしく、惜しみない愛情にあふれていた。わたしはいつも、お姉ちゃんが誇らしかったし、おそろいの服は自慢したかった。

そのすばらしいお姉ちゃんが何故こんなアホになったのか。わたしの知る限りでは、高校が怪しい。お母さんはやっぱりお姉ちゃんのことがかわいかったのだろう、庶民《しょみん》のサンプルみたいな我が家から、鎌倉《かまくら》のお嬢様高校にお姉ちゃんを進学させた。そのお嬢様集団の中で、お姉ちゃんは驕りを知ってしまう。

「園子、どうしてそんなダサいスカートはいてるの。同じ制服でももっとかわいく着なきゃダメだよ。かわいくしてないと、いじめられるんだから」

わたしが中学に入った頃——それはお姉ちゃんが高校に入った時期と完全に一致する——から、お姉ちゃんは「服装指導」をするようになった。確かに、お姉ちゃんの言う通りにスカート丈を縮め、ソックスを選ぶと、今ふうの格好になったけれど、わたしはお姉ちゃんに、いじめられない服装を教えて欲しくなんかなかった。いじめなんて許さないお姉ちゃんが見たかった。

けれどもそういうお姉ちゃんが戻ってくることはなかった。容姿に恵まれたお姉ちゃんは、かわいくてお金持ちで奔放《ほんぽう》な無敵のお嬢様たちと一緒になって、一流大学の学生と合コンをしたり、高級レストランを貸し切りにする謎の食事会に出席したりするようになってしまった。家からはお小遣いなんてほとんど出ていなかったはずなのに、お姉ちゃんはいつも新しい洋服を着て、ブランドもののバッグを抱えていた。なにも面白いことを知らない中学生のわたしには、あまり構わなくなった。

「あたし、絶対セレブになるから！　そしたらこのウチも、きれいに建て直してあげる」

珍しく家族と夕ご飯を食べる時には、そんな途方もない夢を語るようになってしまったお姉ちゃん。お姉ちゃんはとてもやわらかく素直な心根の持ち主だったのだ。だから簡単に染まってしまった。

かくしてエスカレーターで女子大へ進んだお姉ちゃんは、卒業後数年ねばってねばって、社長夫人の座を手に入れる。お姉ちゃんと結婚してくれたのは、IT企業の代表だとかいう、三十歳の人だった。「お見合いパーティー」で知り合ったらしい。ユーサクくん、とお姉ちゃんは呼ぶ。挙式はハワイ、お母さんとお父さんはなけなしのお金で飛行機に乗ったけれど、わたしはハワイまで行けなかった。だから「旦那様《だんなさま》」の顔は式の記念写真でしか知らない。あかぬけない角刈りに口ひげをつけた、田舎っぽい顔つきの男の人だった。その人の肩にしなだれかかり、白いドレスのお姉ちゃんはカメラ目線でナナメ三十度の顔をキメていた。

しかし、晴れてセレブになったはずのお姉ちゃんは、しょっちゅう六本木《ろっぽんぎ》のマンションから、湘南《しょうなん》の家まで戻ってくる。女子大時代よりかえって家にいるようになった気すらするから怖い。「『庶民』を味わいたいのよ、たまには」とのことだけれども、たぶん旦那さんが忙しすぎて構ってもらえてないのだと思う。

「セレブ」のお姉ちゃんと家で顔を合わせる度、わたしは同情だの苛立ちだの過去への憧憬《しょうけい》だのをいっきに感じてしまって心が忙しい。そうしてお姉ちゃん本人はといえば、わたしにさまざまの感情を抱かれているのを知らない様子で、犬を構うみたいにわたしにちょっかいを出してくるのだった。

その日──お見合いの前日も、お姉ちゃんは夜中までわたしのクローゼットをひっかきまわして服を選んだ。「もう、ろくな服がないんだから」と文句を言いながらも、かろうじて「自称セレブ風」なコーディネートをつくりだし、三通りほどじゅうたんの上に並べた。

「どう？　さすがお姉ちゃんでしょ？」

子どもみたいに──あの頃のお姉ちゃんじゃなくて、そこらへんにゴマンといるクソガキのひとりみたいに──お姉ちゃんは言う。わたしは湯上がりの身体から、ラブホテルのあまったるい石鹸《せっけん》のにおいがしないことを確かめながら訊いてみた。

「……研吾くんもこういう服が好みだと思う？」

わたしの言葉に、お姉ちゃんはいぶかしげな顔をして「知るわけないじゃん、そんなこと」と答える。

お見合いは、茅ケ崎《ちがさき》にある小さいけれどもこじゃれたレストランで行われた。

昼の陽が映り込んだ食前酒のグラスを皆で軽く掲げ、乾杯をして飲み干す。窓辺のテーブルについたのは三人——わたしと研吾くんと、仲人《なこうど》である榊《さかき》のおばさんだった。お見合いといっても、互いの両親が同席するわけではない。古めかしい形式にのっとっても当人たちが緊張するだけであろう、という親たちの配慮により、最低限のメンツでの顔合わせだった。

「えーと、ふたりは幼なじみなのよね？　お姉さん——愛子ちゃんが研吾さんと同級生だから、一緒に遊んだこともあるって聞いてるけど……」

タートルネックにタイトなパンツとジャケット、すべてを黒でかためて真珠のネックレスを首にさげたおばさんが話し出した。榊のおばさんは、わたしのお母さんと研吾くんのお母さん、双方ととても仲がよく、それで今回の話をとりもつことになったらしい。いわゆる「おせっかいおばさん」とは違う、上品で気のいい人だった。

「はい。僕はよくおぼえてます、園子さんのこと」

十何年かぶりに会う研吾くんも、品よくまとまっている。服装はもちろんそうだけれど、伸びた背筋や、教科書通りの箸《はし》の持ち方にも、それが感じられた。昔わずかにあった、気のやさしい子らしい頼りなさは、気配から消えている。わたしは彼の変化を、特に感慨なく確かめた。

「園子さんはかくれんぼが得意でしたね」

と、おばさんからわたしのほうへ顔を向け直して語りかけてくるさまも、そつなく見えた。わたしは笑顔をつくって「そうだったかなあ」と答える。おばさんが、「園子ちゃん、小さいもの！　そりゃ隠れたら見つからないわねえ」「園子ちゃん、今も小さいのねえ、さっき入ってきた時おばさんびっくりしちゃったわ」と若干話を逸《そ》らした。会話には余計な部分があったほうがいい。おばさんはそれを意識しているようだ。

「研吾さんはゲームが得意だったの、おぼえてます。うちのドラクエは全部研吾さんにクリアしてもらったし」

わたしも研吾くんにならって、半分はおばさんに、もう半分は研吾くんのほうに視線を振りながら言った。研吾くんが「そうだっけ」と少しくだけた感じで笑う。

その間もわたしは、手元に気を配っていた。和風の器に盛られた創作イタリアンは、箸で食べるようになっていて、うっかりすると普段のテキトーな箸の持ち方がばれそうだ。それでもナイフとフォークよりはましだと思うけれど。

前菜は、二十日大根と水菜に小エビとアーモンドをふりかけたサラダだった。甘めのドレッシングが効いていてとても美味《おい》しい。しかし、隅に飾ってあるまんまるのミニトマトが強敵だった。慣れない箸の持ち方でこれをつかめるんだろうか——身構えたあげく、わたしは皿の上でトマトを滑らしてしまう。

お姉ちゃんのようにセレブぶるわけじゃないけど、失態はそれなりに恥ずかしい。わずかに汗をかいた時、向かいの席の研吾くんと目が合った。研吾くんはそれまでおばさんに「『ドラクエ』とはなにか」を説明していたけれど、わたしの箸からこぼれたトマトを見たのだろう。大丈夫だよと言うように、わたしの目を覗いて微笑《ほほえ》んだ。

——ああ……。

この人、本当にちゃんとした人間なんだな、という安堵をおぼえる。そしてその陰にもうひとつ、この人をとても好きになってしまったらまずいなという不安が、小さな泡のように浮かんだ。ラクに生きたいわたしにとって、強烈な愛着や独占欲は、もともと縁のないものだ。それだけに、もしそれを見合いの相手などに抱いてしまったら先が見えなくて怖い。

それから食事の席はつつがなく進行し、おばさんは近くにあるケーキのおいしい喫茶店を紹介して消えた。

「私はここで帰るけど、話し足りなかったらあそこにでも寄っていけば。かぼちゃのマフィンがすっごく美味しいのよ」

おばさんを乗せたタクシーが去り、残されたわたしたちは顔を見合わせるしかない。

「……まあ、そう言われちゃ、寄らないわけにもいかないですよね」

研吾くんが苦笑混じりに言った。わたしは「お腹にマフィンが入る余地があるかわかりませんが」と答えて、日曜の人気がない通りを歩き出す。

研吾くんは喫茶店に場所を移してからもですます口調だったけれど、だんだん打ち解けて、ざっくばらんに内心を語ってくれた。

「園子さんは、どうしてお見合いなんてしようと思ったんです？　まあ形式はカジュアルですけど、結局結婚のための引き合わせなわけでしょう。それに、僕は特別稼ぎがいいわけじゃない。不思議ですよ」

「研吾さん、ハンサムだから」

「ふっ。いいですよ、お世辞は」

「お世辞じゃないですよ。でもそれだけじゃなくて――わたし、」

言ったら失礼かとは思ったけど、打ち明けてみたい気持ちのほうが勝《まさ》って、わたしは「ラクしたいんです」と口にしていた。

「恋愛みたいに、必死で求める道はラクではないから。でも、結婚しないっていう選《せん》択《たく》肢《し》も、なにかを必死で遠ざけることだから、やっぱりラクじゃない」

「お見合い結婚はその中間？」

「そうです」

研吾くんは気を悪くした様子もなく、「なるほど」とつぶやいてココアをすすった。

「園子さんは、筋の通った人ですね」

その言葉は「褒《ほ》め言葉」としてわたしの脳裏に刻まれ、帰り道タクシーでひとりになったわずかな時間に、何度も繰り返された。

後日、うちのお母さんと研吾くんのお母さんから榊さんのところへ連絡が行き、わたしたちは正式にお付き合いをすることになる。

それからの日を、わたしは真面目に料理教室に通うことで過ごした。

今までだって教室に入ってはいたのだけれど、行けば年の近い子とムダ話に興じ、先生の話は右から左。適当にサボって大道さんと会ったり、大学の友だちでいまだプーの子と遊んだりすることももちろんあった。それでも、お姉ちゃんに若干影響されたのか、「女の子は働くより花嫁修業をしているほうが有利」と考えているお母さんが文句を言うことはなく、わたしは甘んじて遊びまくっていた――わけだが、今は他にすることもないので、教室に通う。大道さんがいないと暇《ひま》すぎて、家でまで料理をつくるようになってしまった。

「研吾くんのおかげだわっ」

とお母さんは涙を流さんばかりの勢いでよろこんだ。お父さんはちょっと複雑な顔で「嫁に行くには早すぎる」とぶうたれもした。でも、この家にはいまだかわいい娘であるお姉ちゃんが出入りする。本気で結婚に文句をつける気はないだろう。

初めてのデートは江の島にした。この住宅街でも、ちょっと背丈のあるマンションに住めば見えてしまうそこに、わざわざデートに行くというのは不可解な行為かもしれない。でも「遠出は苦手なんだ」と言う研吾くんに「わたしも」と打ち明けることでさっくりと決まった。

日曜日、研吾くんが家まで迎えにきた。うちの親に挨拶がてらお茶を飲んだ後、バスで江の島に向かった。よく晴れた日で、島の上には白い鳥が飛び、まっすぐなアスファルトの橋はきらきらと光っていた。

　マヨネーズのかかったしらす丼を食べた後、島の奥にある植物園に入った。真冬だけに人も花も少なかったけれど、花のない枝を見ながらゆっくりと歩く。わたしたちはずっと、他愛のない話をしていた。

「展望台、昔と変わったよね」

「いつこうなったんだろう？　気付かなかったよ」

「ええっ、改修の時すごかったじゃん！　トラックとか出入りしまくってたし……あ、でも研吾くんは忙しくて気付かなかったのかもね」

　会話から「ですます」は消えていた。かつてふたりの接点だったお姉ちゃんの話題もなく、わたしたちは大人になってから知り合った男女みたいにして歩いていた。

　帰りは研吾くんの誘いで、藤沢《ふじさわ》まで足を延ばした。高すぎず安すぎずなレストランがしっかり予約してあって、わたしは内心、感嘆してしまう。

　食事も楽しく済んで、ふたりでタクシーに乗った。「とりあえず、鵠沼海岸駅《くげぬまかいがん》まで」と告げた研吾くんの横顔の向こうに、派手なネオンが浮かんでいる。ラブホテルのネオンだった。わたしはそれを見ながらふと、お姉ちゃんとキスした研吾くんの姿態を思い出す。夏の陽の中で、まだ男の子のそれだった研吾くんの手に荒くつかまれた緑の枝。それにぶらさがっていたやさしい藤色の花——例の記憶が不思議なここちよさをともなって浮かんできて、わたしはあと少しで、研吾くんに言うところだった。お姉ちゃんとキスしてたよね、と。

けれども一応は思いとどまって、わたしたちは大人としての楽しい会話を、タクシーの中で続ける。

〝やっぱ女の子に相手にされないよ（泣）さみしいですよ。園ちゃんはどう？ 音《おと》沙汰《さた》ないからお見合いうまくいったんだろうと思うけど、もしうまくいってなかったらまたいつでも連絡下さい。まじで。〟

大道さんからへんなメールが来て、暇していたわたしは折り返し電話をかけた。三コールで呼び出し音が途切れ、「園ちゃんっ」とすがるような叫び声がノイズ混じりに聞こえる。わたしはベッドの上で足をバタバタさせて笑ってしまった。

「ぎゃっはは、なにその声、泣きそうじゃん！ バカ？」

「だって——園ちゃん？ お見合いうまくいってないってことでしょ？」

彼は切迫感を隠さずに続ける。「いや？ いきまくり。暇だから電話してみただけ」とわたしが言うと、「そんなあ」とまた泣きそうな声を出した。

「多分このまま結婚するよ。見合いの後、もう二回デートしたしさあ」

わたしは天井を眺めて、にやにやしてしまう。二回目のデートは海岸ドライブだった。研吾くんは帰り際に「次いつ会える？」と言い、三度目の約束をそつなくしてくれた。

「園ちゃん、そいつともうヤッたの？」

大道さんが言う。正直に「まだ」と返事をすると、「どうせ三回目のデートでヤッちゃうんだ、うっうー」と情けない声が電話口から漏れてきた。

「やっぱり？　そうだよね、三回目っていったらアレだよね。見合いとはいえ」

「園ちゃんのばかー！」

からかう相手がいるというのは非常に面白い。興《きよう》が乗ってきたところで、しかし、大道さんが「園ちゃん、電話でいいから、今俺として」と言い出したので「もう切るわ」と言った。

「わー！　やっぱ今のなし！」

と彼の絶叫が聞こえたけれど、マジで切る。ケータイをベッドの上に放ると、静けさがきんと耳の奥を押してきた。

目を閉じる。十二歳だった研吾くんの、紅い頰を浮かべ、それに今の彼の姿を重ねた。

——あんな顔でキスされたら、気持ちいいだろうな。

天井が、目の膜《まく》に浮いたかすかな水分で滲《にじ》む。知らず知らずのうちに、掛け布団に押しつけた頬が熱くなる。

楽しい、と思った。楽しいとラクはおんなじ。お見合いをしてやっぱりよかったなあと思いながら、わたしは想像の中で研吾くんの胸に頬を置いた。


待ち合わせは八時、藤沢駅だった。

仕事帰りの研吾くんは、お見合い当日以来のスーツ姿だった。

「かっこいいね。研吾くんって、ほんとスーツ似合うよ」

「そう？　でもデカい機械いじる時は、狭いトコ入ったりするからさ、きったない作業着に着替えることもあるんだよ」

「ほんとー？　想像つかない」

駅前の喧噪の中を、腕を組んで歩いていく。案内されたのは、ビルの五階にあるこじゃれたバーだった。

落ち着いた照明の中で、洋風のツマミと色のついたお酒が出される。お酒は本当に種類が多かったので、「甘めで酸味のあるのが好き」と研吾くんに伝え、選んでもらうことにした。一杯おかわりするたびに、研吾くんはウェイターに横文字のお酒の名前を告げ、さまざまな色のグラスを運んでこさせた。

「お酒、くわしいんだね」

「この店によく来るだけだよ。独り身じゃ家で飯食ってもうまくないしね。あとは好奇心で色々試すうちにおぼえた」

「じゃあ『彼女に似合うカクテルを』とか注文しなくて済むね」

「ふふ。まったく」

会話とお酒を楽しんでいるふりをしながら、わたしはアルコールの入り具合に必死で気を配っていた。今日は酔いつぶれたくない。そして研吾くんのこともあまり酔わせたくない。あくまで、緊張をほぐす程度の酔っぱらい具合にして、自然な感じでホテルに誘いたい。

がつがつしてるつもりじゃないけど、わたしは元来、強く求めない代わりに、目の前にあるものを我慢することもしないから、研吾くんのこともう食べたくなってしまったのだった。薄暗い照明に浮かび上がる、手の甲の骨の凸凹《でこぼこ》や、グラスを傾ける度に大きく動く喉仏《のどぼとけ》、彼の部分部分が目に入ると、ちりちりと頬が熱くなった。時々トイレに立って、ケータイの時計を確認した。終電の時間は前もって叩き込んである。あと十五分、というところを確認して、わたしは研吾くんに告げた。

「ねえ、今日、帰りたくない感じじゃない？」

ちょうど五皿目の料理がなくなり、研吾くんの手にある緑のカクテルも飲み干されようとしていた。彼はわたしの言葉に特に驚いた様子もなく、グラスを置いて腕時計を見た。「あ、そろそろ終電か」とつぶやく。

けれども彼は、テーブルの上で悠然《ゆうぜん》と腕を組むと、わたしの目を見てこう言った。

「気持ちはわかるけど、園ちゃん。そういうの、最初はちゃんとしたほうがいいよ」

なにを言われているのか、咄嗟《とっさ》には判断できなかった。わたしは笑顔で首を傾《かし》げたまま、研吾くんの目に映る静かすぎる光を見ていた。

「近場でよければ予約するから、今度にしよう」

電車ではなくタクシーで帰ったものの（「僕、終電って嫌いなんだ」と研吾くんが言ったから）、家の敷居《しきい》をまたいだ瞬間、疲れにやられて転びそうになった。ヒールを脱ぎ飛ばして、玄関マットを勢いよく踏む。

――なに、さっきのなに？　マジでわかんないんですけど。

考えたって絶対これという解答は出ないのだけれど、一応の推測として、研吾くんが言ったのは「場当たり的なセックスなんかしないぞ」ということだと思われた。見合いで始まった仲だから——結婚を前提にお付き合いしているのだから、けだものみたいにラブホになだれ込んでやっちゃったりするつもりはない。するんだったら、しかるべきホテルに予約を入れるべきだ。多分、そういう考え方なのだろう。

「しんじられん」

灯りの消えた階段をずるずるのぼりながら、わたしは独り言を漏らしていた。今になって酔いがまわってきたらしい。足がもつれそうで、手すりにつかまらないとうまく進めない。

——世の中そういう考えの人もいるかもしんないけどさあ、それって「ヤるために会う」ってことじゃん？　いやわたしと大道さんだって、ばりばりヤるために会ってたわけだけど、なんかそういうことじゃなくて、それと別で、どっかおかしいよソレ。ああ、でもなにがおかしいのか説明できない……。

頭の中で愚痴ともつかぬことを垂れ流しながら、やっとのことで部屋にたどり着いた。ドアを開けて、反射的に照明のスイッチに手を伸ばす。しかし部屋は既にあかるく照らし出され、正面のコンポの液晶ディスプレイが光り、そして部屋の真ん中に寝そべっている女がいた。

「来た来たー！　ちょっと、お姉ちゃん待ちくたびれちゃったじゃなーい」

ここまでこらえてきた膝の力が一気に抜け、わたしはじゅうたんに頬をつけて倒れた。お姉ちゃんはヘッドフォンを外し、わたしの肩を揺さぶってくる。

「あんた、研吾くんと正式にお付き合いしてんだって？　なんでお姉ちゃんに言わないのよう」

答える気力もない。わたしは無言でお姉ちゃんの手を押しのけ、ベッドによじのぼって改めて横になった。お姉ちゃんは音漏れのするヘッドフォンをぶらさげたまま、勝手に喋り始める。

「っていうかさ、終電ギリ？　そして酔ってる？　ってことは、キャー未遂《みすい》～」

わたしはしばらく、黙って天井を眺めていたけれど、ふと思いついて寝返りを打ち、お姉ちゃんを視界に入れた。

――お姉ちゃんには欲情したくせに。

数日前、このベッドの上で思い浮かべていた幼い研吾くんの顔が、小さな憎しみをもって思い出された。あの時、彼は確かに夢中だった。お姉ちゃんの唇に、夢中だったじゃないか。でもわたしでは、だめなのだ。

「研吾くんも女の子を誘うくらい大人になったのね。逃げないでヤッちゃえばよかったのに！　園子、あんた勿体ぶってると思わぬところでチャンス逃すよ？」

お姉ちゃんはわたしの思考をつゆ知らず（そしてわたしたちの事情も知らず）語り続ける。わたしはだんだん、お姉ちゃんに対しても憎しみを抱いていって、しまいには心の中で、「わたしのほうが性技では絶対上なのに」と投げやりな恨《うら》み言を吐いていた。

「あれ……園子、なんか機嫌悪いね。悪酔いした？」

ここまでくるとさすがにお姉ちゃんも察するところがあったのだろう。わたしの顔を心配そうに覗き込んできた。わたしが「別にィ」と返事をすると、わざとらしく小首を傾げてから手を打った。

「あっ、ねーえ、あたしいいこと思いついた！　今度さ、あんたと研吾くんと、それからあたしとユーサクくんの四人で食事しようよ！　楽しそうじゃない？」

「はあ？　なんでよ」

あまりに突然の提案だったので、軽くなげうってしまいたくなった。でもお姉ちゃんはひとりでウンウンうなずき、「ランドマークタワーの最上階とかでさ！　もちユーサクくんのおごりで〜」と勝手に話を進めている。うざい、とため息をつきかけたその時、わたしの頭にあるアイディアが閃《ひらめ》いた。

――今のお姉ちゃんを見れば、研吾くんはがっかりする。

お姉ちゃんの態度からいって、研吾くんとお姉ちゃんは長いこと会っていない。彼は、あの時口づけた十二歳の愛子がこんなにちゃらんぽらんになっているとは知らないだろう。だから、ＩＴ社長にはべってセレブぶるお姉ちゃんを見たら、少しは落胆《らくたん》するに違いない。

いや、だからなんだということはない、それによってわたしが研吾くんとヤれるわけではないのだけれど、ただ、今わたしは、研吾くんの傷つく顔を思い浮かべてすぐ、それを見たいと望んでしまったのだった。わたしにしては、筋が通らない話だった。

「あ、でも、わたしお姉ちゃんの旦那さん、会ってみたいなあ。写真でちょっと見ただけだもの」

わたしはころっと態度を変えて、お姉ちゃんに微笑んでみせた。お姉ちゃんは「そうだよね！」と手を打って喜び、「じゃあすぐにでも決めよう」と言ってさっそくケータイでメールを打ち始めた。いち企業の社長が、お姉ちゃんのメールを読んだり、返事をケータイで打ったりするのかな……と不思議に思ったけれど、間もなく返事がきて、社長さんの時間の取れる日がみっつほど、わたしたちに伝えられた。

「楽しみ！　研吾くんも立派になっただろうね」

「うん、昔よりずっとかっこいいよ。でもお姉ちゃん、手出したらだめだかんね」

わたしとお姉ちゃんは、何年かぶりに声を揃《そろ》えて笑った。


その夜わたしは、初めて研吾くんの夢を見た。子どもの研吾くんと、あの頃のお姉ちゃんと、そしてふたりよりはるかに小さいわたしが出てきて、他の子たちと一緒にかくれんぼをしていた。お姉ちゃんは大きいお尻を藪からはみ出させていて、すぐにオニに見つかってしまう。オニは研吾くんで、お姉ちゃんの手を引いて藪から引っぱり出すと、すぐにこちらを振り返った。でも、家と塀《へい》との間の狭い空間に、小さな身体を生かして隠れてしまったわたしは、いつまで経っても研吾くんに見つけてもらえない。お姉ちゃんは研吾くんの横で、呑気《のんき》に飴《あめ》をなめていた。

わたしは薄汚い壁に頭を押しつけて、奥歯を噛む。はやく見つけて、と研吾くんに呼びかける。お姉ちゃんに対しても、なんでお姉ちゃんのくせにわたしを見つけてくれないの、と思った。

目を覚ましてから考えて、ふと、それはただの夢でなく実際の記憶であるような気がしたけれども、真偽のほどはわからない。

継ぎ目のない大きなガラス越しに広がる夜景を見て、お姉ちゃんが「きれ〜い！」と声を上げた。さすがのお姉ちゃんも、場所が場所だから声を控えめにしているようだったけれど、それでも静かな店内では隅まで響いた感覚がある。

「ほんと、横浜の夜景っていつ見てもきれい。あたし、ヒルズよりこっちのが好きだな」

窓辺のテーブルに案内されてすぐ、お姉ちゃんが誰にともなく言った。少し間があって、社長さんが口を開く。

「同感だな。東京は、灯りが密集しすぎなんだよ。夜景には余白が必要だね」

予定通りの、ランドマークタワー最上階。わたしはお姉ちゃんと向かい合って座った窓際の席から、社長さんの顔を見た。目が合って、にっこりと微笑みかけられる。目鼻のパーツがでっかい社長さんは、「にっこり」笑っても妙な貫禄《かんろく》があって、わたしは笑みを返しながら口元がかすかに緊張するのを感じる。

わたしの隣では、研吾くんが肩をこわばらせていた。SEの彼にとって、この社長さんは直接関係なくとも「業界の上の人」という意識があるらしい。今回の席に誘うにあたって、「お姉ちゃんと、あとお姉ちゃんの旦那さんと一緒に食事したいんだけど」と社長さんの名前を挙げると、研吾くんは口をぽかんと開けて「それって冗談?」と言った。お姉ちゃんが結婚したことも、その相手のことも、まったく知らなかったらしい。食事をすることは了承してくれたけれど、「日曜なのに横浜まで出るの、おっくうかも」とか「あの社長って……なに喋ればいいの」とかこぼしていた。今日ここまで来る間にも、車のハンドルを握りながら「胃が痛いよ」と苦笑した。

かわいそうなことをしたかもしれない、と思う。でもわたしは、食事や夜景以上に研吾くんの反応を楽しみにし、丁寧《ていねい》に彼の気配をうかがっていた。

「石川くん、だったよね。愛ちゃんとは小学校の同級生なんだって?」

社長さんが話しかけると、研吾くんは緊張気味ながらも「はい、愛子さんは小さい頃から可愛かったです」と返事をした。「回答」というより「解答」みたいで、ふとするとお世辞にすら聞こえる言い方だった。けれども社長さんは上機嫌に声を立てて笑った。

「はは。妬《や》けるなあ。俺も見たかったよ、小さい愛ちゃん」

すかさずお姉ちゃんが媚《こ》びた笑みを社長さんに向ける。

「じゃ、あたし女の子をうむわ。きっとあたしに似て可愛いんだから」

お姉ちゃんがそう言った瞬間、研吾くんの目元が糸で釣られたようにぴくんと痙攣《けいれん》した。ちょうどウェイターがやってきて、わたしたちのグラスにワインを注ぎ始めたところだった。

「俺に似ると可愛くないような言い方だな」

「ん、そうよ、本当のことだもの」

あはははは。お姉ちゃんが声を立てて笑うので、わたしも笑ってやりながら茶々を入れた。「お姉ちゃんに似たって、たいして可愛かないわ」と、思ってもいないことを言う。お姉ちゃんが「なによー！」とむくれ、社長さんが「そうだそうだ、愛ちゃん似の女の子なんていたら殺人級の可愛さだ」とのろけてみせる。台本に書いてあるような展開の会話が続き、すべてのグラスにワインが注がれるまで、研吾くんは押し黙っていた。

「じゃあ、乾杯しようか。そうだな……君たち幼なじみの再会を祝して」

社長さんがダンディを気取った笑みを浮かべて言う。研吾くんが「僕は車があるので」と遠慮しようとすると、「じゃあ形だけでも」とグラスをすすめた。お姉ちゃんが上機嫌な声で音頭を取る。

「乾杯」

限りなくふちの薄いグラスは、軽くぶつかるとまるで銀のベルのように鳴る。お姉ちゃんが初めて研吾くんに微笑みかけ、研吾くんもやっとお姉ちゃんの顔を見た。けれども彼の目は、うまく笑えない部分を残して変にとがっていた。

二時間強の食事の間、お姉ちゃんは「セレブ」でこそなかったけれど、社長に可愛がられる妻としての姿をわたしたちに見せつけ続けた。いや、お姉ちゃんのことだから、「見せつけた」つもりではなく、ただ私生活通りに振る舞っただけなのだろうけれど、甘たるい声も、夫の機嫌を保つ言葉選びも、完璧だった。

そうして研吾くんはというと、食事が進むにつれリラックスした様子を見せ、社長さんともくだけた様子で話すようになっていったけれども、お姉ちゃんのことだけは、まともに見ようとしなかった。彼がお姉ちゃんと話をする時はわずかに目を伏《ふ》せているのに、わたしは気付いた。話題には過去のことがほとんどのぼらず、最後のほうは、研吾くんと社長さんが「次世代ポータルサイトの理想型」について熱く語り、わたしとお姉ちゃんは「男って、横文字並べんの好きだよね」なんて横で皮肉を言い合うという調子だった。食前のワインひとくち以外はアルコールが入っていないはずなのに、研吾くんはいつもより大きな声で笑っていた。

帰りのエレベーターに乗る時、わたしとお姉ちゃんはほろ酔いだった。すごい勢いで下に向かう階数表示を見上げながら、少し沈黙があり、その後で研吾くんがつぶやいた。

「幸せそうだね、愛子ちゃん」

お姉ちゃんは赤ら顔で手すりにもたれていたけれど、ぼんやりとした目で研吾くんを見ると、満面の笑みを浮かべて言った。

「だって、今が一番幸せだもの」

ユーサクくんのおかげで、と付け加えることをお姉ちゃんは忘れなかった。

お姉ちゃんたちはタクシーの待つフロアで、わたしと研吾くんは駐車場のある地下でエレベーターを降りた。研吾くんは車に乗り込んでもなにも言わず、黙って発進させた。

「夜景、やっぱりきれいだったね」

駐車場を出た後、わたしから口を開いた。酔っているせいか、思ったことが口からあふれるように適当に外へ出た。

「社長の夜景論、スゴかったね。夜景の余白なんて、考えたことなかった。やっぱああいう人は、いろんな高いトコでゴハン食べてんのかなあ……いやそんなに興味あるわけじゃないけど、きれいはきれいだった、うん」

研吾くんが相づちをくれないので、わたしの喋りは独り言めいていく。料理おいしかった、特にエビがさ、エビって高いのと安いのとで全然違うね、今度はお寿司なんかも食べてみたいな、あっもちろん社長のオゴリでね……だらだらと言葉がこぼれ落ち、同じスピードで窓の外を車やビルの灯りが流れていくのが見えた。日曜の深夜であるせいか、道は空《す》いている。信号も青が多かった。なのに不思議と、走っている爽《そう》快感《かいかん》はない。酔っぱらって身体が重いからかもしれない。

「研吾くん……」

いつまでも答えない彼の名前を、わたしはうわごとのように何度か呼んだ。研吾くん。研吾くうううん。

そうして、酔った人が吐くようにこぼっと言ってしまったのだった。

「お姉ちゃんがバカになっててがっかりしたでしょう」

わたしは助手席の窓から顔を離して、研吾くんの顔を見た。

「わたし見たよ。ふたりがキスしてるとこ。今もおぼえてるよ」

彼の顔は能面だった。まったく、なんの表情も、たたえていなかった。

「遠出って疲れるな」

彼はその顔のまま一言だけこぼし、あとは口を閉ざした。車の走行音だけの時間が長く続き、外の景色は馴染《なじ》みのあるものに変わっていった。わたしは漫然とそれを眺めていたけれど、ある角でウィンカーの音を聞くと一気に酔いが覚めた。

車が家路を外れて右折する。狭い坂道の入り口には、リゾートホテルの案内板が掲げられていた。

わたしはもう一度、研吾くんの顔を見た。やはり能面のままだったけれど、細々と立った街灯の下で、白い顔から怒りが立ち上っているのがはっきりと見え、わたしは鳥肌が立つのを感じた。それがはたして、恐怖によるものなのか、歪んだよろこびによるものなのか、わからないままに。

部屋はもちろん予約されていなかったが、空きがあった。フロントで鍵をもらうと、彼は部屋番号も告げず、先に立って歩き出した。わたしも無言でついていった。空恐ろしく、足がすくみそうなのに、遠くなっていく彼の背を見ていると、しがみついて引きずられていきたいような気分になった。

部屋に着いてドアを閉めると、研吾くんは薄闇の中でまずネクタイをゆるめた。粗雑で急《せ》いた指の動きに、わたしは遠い日に見た、緑の枝をつかむ彼の手とまったく同じものを見る。

灯りをつけることなく、彼はクローゼットまで歩いていって、手にしていたコートをハンガーにかけた。それから、わたしがボタンをはずして羽織《はお》っていたコートも丁重《ていちょう》に脱がし、同じようにクローゼットに入れた。次の瞬間なにが起こるか想像できていたから、わたしは小さく脚をふるわしていた。

予想通り、クローゼットのドアを閉じると同時に彼はわたしをベッドに突き飛ばし、乱暴に服を剝《む》いた。それはほんとうに冷酷なやりかたで、むさぼりつくでなく、ただわたしを裸にするためみたいに次々と脱がしていくのだった。

彼はずっとなにも言わなかった。ただ、時おりどこからか入る光を受けて見える目が、あからさまに憎しみに燃えており、わたしはそれを見ると、たまらない気持ちになった。変わってしまったお姉ちゃんを見るときの気持ちを何十倍かにしたものが、身体じゅうからあふれて熱になる。

わたしは初めて、人を抱きしめたいと思った。頭や脚をモノのように扱われながら、そんな酷《ひど》いことをする研吾くんの手を引き寄せ背中から包んでやりたいと切に願った。何度も宙に手を伸ばす。伸ばした手はすぐそばから研吾くんによってベッドの上に押しつけられ、潰れそうな程の力をかけられた。でもわたしは彼を抱こうとし続けた。身体じゅうの痛みと疲労に引きずられて眠るまで、一度もそれはかなわなかったけれど。

目が覚めて初めて、部屋に大きな窓があることに気付いた。カーテンは開けっ放しで、海と江の島が見えた。

わたしはベッドから身体を起こして、しばらく裸のままその景色を見ていた。すぐ隣では研吾くんが眠っていたけれど、何度か寝返りの気配を感じて振り返ると、目を開けていた。

彼はわたしを見上げて泣いた。音も立てず、細い涙が頬に垂れていく。

小さい頃のたよりなさが戻ってしまった額に、わたしはそっと手を置いて言った。

「大丈夫よ」と。

「研吾くん、ほんとのこと言って」

わたしが額を撫でながら言うと、研吾くんは涙を流したまま答えた。

「愛子ちゃんが好きだった」

少し涙の筋が太くなったかと思うと、彼は目を閉じた。

「今でも、あの頃の愛子ちゃんが好きだ」

わたしは彼の額に手を置いたまま、窓のほうに向き直って言った。

「ねえ、朝ご飯食べたら海に行かない？　人が来る前に」

彼はわたしの手の下でうなずく。


風はなく、海は凪《な》いでいた。

空が曇っているせいか空気は冷え、わたしたちは片手をポケットに突っ込んで歩いた。もう片方の手は弱くつないでいた。砂浜は一歩踏み出すごとに足が沈み、ゆっくりとしか動けない。

冬だというのに、漂着物とその場で捨てられたらしいゴミが、波の跡に沿って散らかっていた。きゃあきゃあと高い声が聞こえ出し、遠くから中学生くらいの男の子と女の子が走ってくる。黒い犬がふたりの間にいた。

女の子が、ピンクのフリスビーを投げる。走りながら投げたので、それは見当違いのほうへ飛び、わたしたちの目の前まで来た。足を止めると、砂の上にぽとんと円盤が落ちた。

「すみませーん」

女の子が謝りながら走ってくる。わたしたちは顔を見合わせて、結局研吾くんのほうがかがんでフリスビーを拾った。「はい」と女の子に差し出す。男の子もあとから走ってきて追いつき、彼女を肘で小突いた。

「あぶないだろ、お前ちゃんと周り見て投げろよ」

「見てはいたんだよ、見ては」

ふたりはお礼を言ってから、面倒そうに座り込んでいる黒い犬のほうへ駆け戻っていった。研吾くんはその姿を目を細めて見つめた後、わたしの右手をまた取って、こちらを見た。彼の横顔のうしろに江の島がある。

遠くなる子どもの笑い声を聞きながら、わたしは研吾くんの手を軽く握り返した。

そうして、結婚しようか、と言ったのだった。

遠回りもまだ途中

切りすぎた前髪がなかなか伸びてくれないから焦ってる。クリスマスイブまではあと十日しかない。十日で何ミリの髪が伸びるというのだろう。

「別に超短いってわけじゃないからいいんだけど、クリスマスだからキュートに決めたいじゃん？　したら髪もこう、ちょこっと巻いてオネエ系？　とかにしたいじゃん？　つっても将《まさ》チンはカジュアル系だしひとり暮らしでびんぼーだから、まあ六畳間で鍋クリスマスかもしんないんだけど、でもあたしが畳の上じゃちょっと浮くぐらいのおしゃれをしてるのもかわいいかなって思うわけ、その日に」

という長い台詞《せりふ》を言い終えると（いや個人的にはもうちょっと続きがあったのだけれど）、机に向かっていた岬《みさき》が、シャーペンを壁に叩きつけ椅子《いす》ごとぐるっと回ってこちらを向いた。勢いあまってもう半回転くらいしそうになる、その椅子の動きを止めたつま先では、親指が靴下の穴を突き破って飛び出している。

「うるっせーんだよ、てめーは！」

岬ががりがりと頭を掻《か》いて叫ぶ。ダミ声が階下まで聞こえそうなほど反響したけど、いつものことだから気にしない。あたしは、岬がかじりつく学習机から離れてコタツに入り、持ち込んだ折りたたみミラーとにらめっこして眉毛を抜き続ける。やっぱ、ほんとやっぱちょっとだけど前髪足りない、と思いながら。

「お前はちゃらんぽらん学生でクリスマスくらいしか騒ぐことないかもしんないけど、こっちは受験生よ⁉ つかなんでお前、俺のコタツで眉毛抜いてんの⁉」

唾《つば》を飛ばしてわめく岬を尻目に（比喩《ひゆ》じゃなく空中に点々が見える）、「このコタツ、なんかにおう。そろそろ布団洗ってもらいな？」とコメントすると、岬は少年漫画キャラばりのおたけびを上げてじゅうたんの上に転がった。

「うぜえ、この女マジうぜえ！」

あ、やっと机から離れた、と思いながらあたしは、知らんぷりで鏡を見つめ続ける。

「つうか、俺に言わせてもらえば何がクリスマス？ もう『セックスの日』に改称すれば？ むしろ日本だけエイズ予防デーを十二月二十四日にすればいいんじゃね、って話だよ！ あーうざいセックス自慢うざい！」

ちなみに、こんなアホな主張をする岬は童貞かというとそうではなくて、十八の時にちゃんと風俗で初体験を済ませている。幼なじみとはいえ男と女なのに、なんであたしがこんな情報をつかんでいるかというと、本人の口から聞かされたからだ。しかも、目をきらきらさせて、「俺大人になったんだよ、祝ってくれよ！」と。呆れるのも通り越したのでデニーズで祝ってあげたけど。

「……あんたも、お店行くなり、ホテルとってオネーチャン呼ぶなりすればいいじゃない」

当然の帰結としてそうコメントすると、岬はキレ気味の口調で返した。

「簡単に言うけど、風俗って高いのよ⁉　しかも二十四日なんて特別料金で倍取られるに違いない！　孤独だよ孤独、俺には孤独以外の選択肢はないんだよ」

「ふ〜ん」

鏡に向かって一度まばたきをし、眉が整ったのを確認してから、コタツの上のみかんに手を伸ばした。だだっこポーズでじゅうたんの上に転がっていた岬が、はっと頭を起こす。

「おま、それラス1《ワン》……」

みかんが入っていた籐《とう》のカゴは、空っぽになった。あたしはまた聞いていないふりをして、みかんのお尻に爪を立てる。「あーそういえば爪、イブはちゃんと塗っときたいなあ」と思ったことをそのまま口に出すと、岬が「こんのー、頭カラッポ女子大生！」と叫んだ。

「うるせえヒゲデブメガネ」

と普通に返すと、岬は「ヒゲとメガネは俺の選択なんだよ！」とわめいてから、立ち上がった。カゴをひっつかんで、部屋を出ていく。

「かーちゃーん。みかんおくれー」

どすどすと重い足音が階段を下りていくのを確認してから、あたしはそっと、コタツを出た。足音を立てないようにして学習机の傍に寄り、机の上に開かれたままの大学ノートを覗く。罫線《けいせん》からはみ出すほどでかくて乱雑な岬の字が、みっちりと並んでいた。このノートは日本史。

ページの端をつまみ、日付の部分を確認していく。十二月十四日——今日の日付が全部で三ページあり、その前もさほど日が飛ぶことはなく、規則的な学習が窺《うかが》えた。

あたしはほっとして、ノートを元のページに戻す。そして、主のいない机にむかって「がんばれ～」と念じた後、みかんを二口でたいらげ、鏡とポーチを持って部屋を出た。

長居はよくない。あたしは別に、岬の邪魔をしにきているわけじゃないのだ。

今年の二月、あたしは近所の大学に受かり、岬は東京の難関大学を全部、落ちた。あたしたちは中学までは一緒だったけれど高校は別で、三軒隣の家に住んでいることも忘れてしまいそうなくらい、顔を合わせず高校生活を過ごしていたのだけれど、受験の頃に再会していた。岬が風俗で童貞切ったのは、私立大の受験をはしごするため、新宿に二泊した時で、「大学に入ったってどうせ実家暮らしなんだからチャンスは今しかない」と思ってホテル代のほかに風俗代を持参し、試験と試験の間にお店に行ったらしい。っていうこの話の頃から、あたしたちはちょいちょい、昔のように互いの家に遊びにいくようになった。受けた学校のレベルが違うので（偏差値にして二十くらい違う。そもそもだから高校が別なのだ）、問題の出しっことかそういう建設的なことはしなかったけれど、受験のストレスを減らすバカ話はたくさんできた。高校生活はもう卒業式しかないというのに、進路が決まっていない怖さで、学校の友だちとは会うたびにしかめた眉を見せ合っていたのだけれど、何故か、岬といると楽だった。

でも岬は大学生になれなかった。

自分だって落ちるのが怖かったくせに、あたしは最初、岬の不合格をさして気にしていなかった。難関大を狙っているんだから浪人だって珍しくない、岬はある意味アホだけど勉強はできるから大丈夫だろう、と思ったのだ。……というのは言い訳で、やっぱり、新しく始まった大学生活に浮かれていたのかもしれない。近所のペーペー私立とはいえ、大学はいろんな人がいて、サークルも数がそろっている。オールラウンド系のサークルに入ったあたしは、さっそく春を満喫していた。携帯のアドレス帳には新しい名前があふれ、三日に一回くらいは、駅裏に点在するひとり暮らしの女の子のアパートの床に寝た。お花見、飲み会、ボウリング。なにをやっても楽しかった。

でも五月を過ぎ、雨の日が多くなった頃、ひさしぶりに岬の家を訪ねて（山形出身だという同じクラスの子が、さくらんぼをまるまる一パックもくれたから、おすそわけをしに行ったのだ）、あたしは自分の過《あやま》ちを知った。

岬が、くさっていたから。

部屋の隅のベッドで、ぐわーといびきをかいて寝ている岬自体は、パッと見おかしくはなかったのだけれど、部屋の空気がくさっていた。若い男の子特有のけもののにおいが、床の近くに溜まり、コタツは布団がかかったまま、天板に山ほどの「ジャンプ」をのせられていた。コタツの脇に、うまい棒の袋やジャンプのアンケート（書きかけ）やネット通販の領収書らしきものが散らばっていて、じゅうたんの上を歩くと、得体の知れぬ小さな欠片《かけら》が靴下の裏をちくちくと刺した。

雨が降っていたけれど、あたしは窓を開けた。湿った夜風がさっと入り込み、閉まったドアをみしりと鳴らした。

ううん、と声を立てて、岬が寝返りを打った。その時点でもなお、あたしは、漫画やエロ本がぶっちらかったベッドに埋もれている岬を「メタボな狸《たぬき》みてー」と思いながら見ていただけだったのだけれど、彼が薄目を開けた時、ことの異常さに気付いた。

「有里《ゆり》……」

岬は、喉の奥がからからに乾いたような、かすれ声であたしの名前を呼んだ。そうしてじっとあたしの目を見たまま、宙に手を伸ばし、それをすぐ布団の上に落とした。

寒風があたしの頭の裏を撫でていった。岬が、あたしを求めながらも見ていないような気がしたのだ。

「岬、だいじょうぶ?」

こわごわと呼びかけると、岬は三秒くらい、こちらに空虚な視線を向けた後、あっと叫んで身体を起こした。

「……なに、これ夢じゃねーの？　有里、来たの？」

勢いよく起き上がったせいでめまいでもしたのか、岬は頭を抱えて言った。

「何寝ぼけてんの。ていうか、部屋くさいし。換気せにゃ、あんた」

速く打つ鼓動を抑えるようにして、あたしは適当にまくしたてた。いつもと違う空気が、自分と岬の間に流れているのがわかって、いたたまれなかった。でも岬は太い指を頭につっこんで顔を隠したまま、言った。

「なんで来ないんだよお前」

ひときわ強い風が吹いて、部屋に雨のにおいが入り込む。

「もっと来いよ」

そう言った岬が、泣いているような気がした。

怖かった。何故怖いと思ったのか、あたしはいまだにうまく説明する自信がないのだけれど、あえて言うなら、あたしはその時、岬と結ばれてしまいそうで怖かったのだ。

結ばれるというのはもちろん身体のことではなくって、本当になにか、ひもとひもになって、きゅっとひとつにまとめられるような感じがした。あたしは、岬に必要とされてほっとした自分を確かに見ていた。本当は子どもの時から、そういう感覚を持っていたような気がするけれど（いじめられている岬をかばった時とか、逆に中学であたしがハブられても、岬が口をきいてくれた時とか）、大人になった今、その安心をありありと自分の中に見出すと怖かった。

あたしもしかして、この人のところにおさまってしまうかもしれない。

結局その後は、「さくらんぼ持ってきたの。下でお母さんが洗ってくれてるから早く来なよ」と言って逃げたけれど、あたしはその日から、大学で真剣に恋する相手を探すようになった。女の子たちばかりとつるむのをやめ、サークルの男子に目を向けて、一コ上でめちゃめちゃかっこいい将チンに惚《ほ》れた。将チンはサークルの外に彼女がいるみたいだったけれど、あたしは粘った。将チンが一番かっこよかったから。そして将チンが彼女と別れたと言い出した先月、告ってみごとに彼女の座を得た。

その間も、岬んちを訪ねることは続けていた。岬の腐臭は夏までには抜け切ったけれど、受験勉強の山場が近づいた今も、まだ様子を見にいっている。岬だって、大学に受かればヒゲデブメガネ専の超いい女とかにつかまってそっちに行ってしまうかもしれない、けど、今のところ彼が必要としているのはあたしなのだ、ということがわかるから。だからあたしは、浪人生の岬の傍にもいる。

もうすぐクリスマスが来る。あたしにとっては、「彼氏」がいる初めてのクリスマスだった。

みかんが山盛りになったカゴを持って階段をのぼってこようとしていた岬の横をすり抜け、「もう帰る」と告げると、「何しに来たんだ貴様は！」と文句を言いながらも岬は一緒に玄関に出てくれた。

「有里、送る」

いつもの台詞だから、あたしは特に答えない。岬ママに「おじゃましましたあ」と挨拶するだけで、外に出る。

日が暮れてから遊びにくると、たった家三軒ぶんの距離を、岬は必ず送ってくれるのだった。そのちょうど三軒ぶん、向かい側が公園になっていて、夜は人がいないので危ないと岬は言う。

「髪、のびてきたね」

街灯で一瞬明るく浮かび上がった、岬の頭を見上げて気付いた。四方八方に生える岬の髪は、パイナップルの葉みたくぼうぼうになっている。白くブリーチした（あほみたいな）髪の根元はだいぶ黒くなっていて、そういえば染めたのって六月だから半年くらい経ったなあ、と思った。

「今度、染め直したげよか？」

と言うと、岬は低い鼻をフンと鳴らして笑った。

「そりゃ合格祝いの時だ」

「ええぇ、大学でもこんな頭すんのっ⁉」

うちの大学はともかく、岬が受けるような学校でこんな頭してる人いないよ、と素でびっくりしたのだけれど、岬は特に気にするようでもなく、話の流れをぶった切った。

「将チンってさ」

いきなり飛び出した「まさちん」という語が聞き取れず、あたしが「は？」と言うと、岬は顔を真っ赤にして怒鳴った。

「その、お前の『将チン』だよ『将チン』！　名前知らねーから他に呼びようねーけど！」

なんだかあたしも照れくさくなってきて、「小染将也《こぞめまさや》くんどぇっす」とふざけて答えると、岬が「その、将チンて……」と続けた。

「どんなやつ？」

「えー……」

　将チンが「どんなやつ」か考えるより先に、あたしは「この空気、やだな」と思ってしまっている。なんか、婚期ぎりぎりの女の人が、お父さんに「彼氏はいい人なのか？」と問いただされている場面みたいだ。そしてその比喩に於《お》いて岬が「お父さん」に相当してしまっていることに、色んなマズさを感じる。

　ブーツを履いてもつま先にぴりぴりと寒気がしみてくるというのに、頬は熱かった。頭に汗をかいている気がする。

「さっきも言ったけど、わりとカジュアル系っていうか、おしゃれとか頑張りすぎてない感じで～」

　とりあえず将チンの顔を頭に浮かべて喋る。岬が「うん」と相槌《あいづち》を打ってくれる。

「タバコもお酒もパチもやんなくて～、でもなんかロハスとか若人《わこうど》らしからぬ趣味でもなくって、野心のよーなものはちゃんと持ってて～」

「うん」

「結構明るいっていうか、パッとしてるの。サークルでも一番目立つの」

　何かしらいちゃもんをつけるかと思ったのに、岬はそこまで聞くと「へえ」と言って黙ってしまった。なんだか、自分が単に「持ち物自慢」をしてしまったような気がしてくる。「このバッグ、プラダなんだ」「へえ」みたいな、つまんないやりとりを岬としたと思うと、後悔が湧いた。

「ちょっと、黙んないでよ!」

あたしが言うと、岬はあごひげを指で掻いて「ああん?」と首を傾げてから、

「で、どうなの? アッチのほうは。有里と付き合うくらいだから、やっぱ巨乳好きなんだろ?」

と非常に品のないことを言い出した。もう家の前まで来ていたので、あたしは玄関に向かって「お父さーん! セクハラー!」と叫んでみる。岬はマジで慌てて、「ちょ、お前んちのとーちゃんだけは勘弁!」と言い出したけれど、でも多分、さっきの沈黙のすぐ前のほうが焦ってた。岬が下ネタを振ってくるのは、焦った時だと、あたしは知っている。

お父さんはまだ帰ってきていないので、当然出てこない。あたしは玄関のドアに手をかけて、「じゃ、またね」と言った。岬は手を振って、こちらに背を向ける。夜風に白い息がさらわれて飛んだ。

「ちょりーす」

部室のドアが開いて、あたしは思わず肩を力《りき》ませていた。直後、入ってきたみったんと目が合う。

ワンテンポ遅れちゃった、と思いながら「ちょりーす」と返すと、案の定みったんに白い目を向けられた。

「……なんか、間《ま》ァなかった？　今。有里、誰かさんと間違えたんじゃないの？」

そうだ。みったんの声だ、とちゃんとわかったのに、一瞬、一緒に将チンが入ってくるんじゃないかと期待した。「まあ、その通りです」と言ってテーブルにうつぶせると、みったんが向かいの椅子に腰を下ろしてため息をついた。

「いいよねえ、サークル内に彼氏がいるのって。青春って感じ」

ちなみにみったんは、高校三年から付き合っている彼氏がいて、別に遠距離でもなんでもないのだけれど互いに環境が違うので関係がグダグダになっているらしい。

「すぐ別れてもいいんだけど、若いから性欲処理の安全牌《ぱい》が欲しいのだと思う、お互い」とクールに分析していた。

「青春っちゃ青春ですけど……」

あたしは無理に巻いてきた髪に指をからませる。みったんがそれを見て「あ、有里今日巻いてる～」と言ってくれた。

「下手だね～。全然慣れてないんだね」

とグッサリ来る一言を付け加えられたけれど。これまたまったくその通りで、高校までバリバリ体育会系のバレー部だったあたしは、大学に入ってから必死にファッション誌を読んで周りについていこうとしているのだった。クリスマスに向けて、ちょいギャルくなろうと努力しているのだけれど、なかなか難しい。

「うそ～。頑張ってるのに」

あたしがぶうたれると、みったんは「ま、いいんじゃないですか。付き合い始めだし、なんでもかわいく見えるって」と、慰《なぐさ》めのつもりらしい言葉をくれた。

部室には、他に誰もいない。とにかく敷地の余っている大学だから（なにせ東京都じゃなくて埼玉県だし）、うちみたいな遊ぶためのオールラウンドサークルにも部屋が与えられているのだろうけれど、あまりここに溜まる人はいない。食堂の隅辺りで、サークルの中のさらに仲良しのグループだけで固まっていることが多い。あたしがわざわざ部室まで来るのは、むろん将チンに「偶然会いたい」からだった。

携帯にメールを入れれば会えるけど。昼ごはんを一緒に食べるくらいわけないけど。でも、約束しないでパッと顔を見て、「ああ有里ちゃんはやっぱりかわいいな」とか思って欲しい。……というようなことを説明したくなって、みったんに「あたし、将チンにね、」と言いかけたら、冷たくシャットアウトされた。

「のろけるんなら金払え」

「……みったん、あたし以外友だちいなくない？」

部室は十秒以上静まり返ってそのままだったけれど、カバンから文庫本を出して開いたみったんが、結局話を振ってくれた。

「クリスマスどうすんの？」

「んー、多分将チンのアパート。あんまちゃんと決めてないけど」

あたしが答えると、みったんは冷めた声のまま「ふうん」と言い、「最初なんだから派手にいきゃいいのに」と眉をしかめた。

「派手にって？　お金ないのに？」

「イルミ見にいくとかさあ。表参道《おもてさんどう》、遠い世界のようでいて、乗り換え一回で着くよ」

「将チン、混むとこ嫌いだし。あたしもだし。……みったんは見にいったことあるの？」

「まあね、最初はねえ。高校生だからこそ背伸びしたい的な。うち、わりと近いし」

「へー」

喋りながら、あたしは文庫本を持ったみったんの手の、きれいな爪に目を奪われている。メガネかけて髪はおだんごにまとめて、ファッションも媚び度少なめ、絵に描いたような「文化系女子」のみったんだけれど、細かいところが女の子らしい。少し濃い目のベージュのネイルが、きれいに塗ってあった。

みったんあたし右手の爪がうまく塗れないんだけど。

そう言おうとしたところで、みったんが文庫本のページをめくった。

「つか、将チン相手じゃ、最初で最後かもしんないじゃん？」

聞き違い？　と思ったけれど、みったんがはっと口を押さえて、「ごめん、今の余計だった」と言ったことで、それが空耳じゃないのがわかった。

そして同時に、あたしたちの間の気まずい空気をぶちやぶるようにして、ドアが開く。

「ちょりーす」

将チンだった。ドアノブをつかまず、ドアにべったりと手のひらをつけて、勢いよく顔を出す。将チンの顔を見た瞬間、あたしは他のすべてがどうでもよくなる。

——やっぱり将チン、かっこいい。

あーあ、という目でみったんがあたしを見ているのがわかったけれど、あたしはよだれが出そうなほど将チンを凝視してしまっていた。将チンはそんなことおかまいなしに、ぐんぐんとこちらに近づいてきて、あたしの目の前に立つ。

「有里ちゃん、髪巻いてるー」

将チンのあとから、他の二年生男子が三人くらい入ってきていることに、あたしはそこでやっと気付いた。将チンがわっしとあたしの耳の横の髪をつかみ、爆笑する。

「これ巻きすぎだって。なに、俺のため？　俺のため？」

「そうです……」

と答えると、将チンはますます声を大きくしてげらげら笑った。なんかもう半分いじめられているような気がするけれど、あたしは将チンが好きなのでしょうがない。つかまれた髪が、好きだ好きだと悲鳴を上げる。

将チンはカバンを乱暴にテーブルの上に放ると、あたしの隣に腰を下ろした。他の二年生も、適当に席につく。みったんがさっそく「先輩、こないだ言ってたバンド聴きましたよお」と誰かに声をかけて（あたしには将チン以外の男の先輩たちは「誰か」でしかない）、あたしは将チンとふたりでにらめっこすることになった。

将チンは何故か怖い顔でじっとあたしの顔を見つめた後、べろーんと舌を出して目を剝いてみせた。

「あははは！」

思わずお腹を押さえて笑うと、将チンは瞬時に美男子の顔に戻り、テーブルの下でそっとあたしの手に触れた。

――ああだめだ。これじゃこの人の操り人形だ。

そう思うけれど、あたしの目は将チンの目に吸い込まれて戻ってこない。鼻の頭までじわじわと熱い。端整な二重の目を見つめているうち、何かが頭の隅で光ってあたしを呼ぶような気がしたけれど、思い出せなかった。将チンは少し癖のあるハスキーボイスであたしに囁《ささや》く。

「サークルのクリスマス会、出ないっしょ？　あれ実質独り身用だし」

うんうん、とうなずくと、あたしの手にかぶせられた将チンの手が目に入った。

「俺、有里ちゃんの手料理食べたい！」

それまでそっと重ねていた手で、将チンはあたしの手を無邪気にきゅっとにぎる。手ひとつでもこんなに表情をつけられるのに、どうして神様はこの人に美しい顔まで与えたんだろう。与えすぎだとつくづく思う。

「手料理……」

あたしが半分惚《ほう》けたままリピートすると、将チンは手を離して、テーブルの上でぎゆっと自分の頭を埋《うず》めるのに使った。

「俺の好物今から言うからメモって！」

「あ、待って、携帯出すから……」

空いた椅子に置いたカバンをあわあわとひっくり返すあたしに構わず、将チンは食べ物の名前を列挙していく。

「からあげと、エビフライと、ラーメンと、ケチャップライスと～」

「えー、待ってよっ」

「脳内メモリ使えっつの！」

あたしたちのやりとりに、みったんが「お子様ランチ食ってろ」と小声で口を挟むのが聞こえた。

「三田村《みたむら》さん、なんか言った？」

将チンがみったんのほうを向いて言った。どんな顔をしていたのか、携帯の画面に目を落としていたので見えなかったけれど、みったんはそれで黙りこくってしまった。

「え、で、なに？　からあげとラーメンと天丼と？」

あたしが携帯のメモ帳を起動させて先をうながすと、将チンはあたしに笑顔を向ける。

「ちょっと有里ちゃん、天井ないし！　えびふりゃーっすよ、えびふりゃー」

え、び、ふ、りゃー、と打ちながら、あたしは、テーブルの下の自分のつま先が、ちょっと震えるような気がしている。

あたし本当に将チンの部屋で手料理つくって二十四日の夜を過ごすんだろうか？

「で、手料理できるほど鍋とかちゃんとあるの？」と訊いたら、将チンは「だいたいあるんじゃやね？　うち寄って見てけば」と言った。

授業が終わってから、一緒に駅前行きのバスに乗った。将チンのアパートは、他の多くのひとり暮らしの子たちと同じく、駅の裏手にある。うちの学生ばかりが住んでいる、白いモルタルのアパートだった。駅まで用事がある時、ちょっと寄ったりして、もう三回くらいは来ている。

狭いキッチンに入って、流しの下を覗き込むと、将チンの言葉通り、だいたいの調理器具は揃っていた。

「将チンて、自炊《じすい》してないんじゃないっけ？」

「してないっすよ」

使い込まれた様子のない天ぷら鍋の傍に、なぜか三袋も使いかけのパン粉があった。小麦粉の袋はひとつなのに、パン粉だけが三つある。それぞれ賞味期限が三ヶ月くらいずつずれている。鈍感《どんかん》なあたしでも、女が買って持ち込んだんだな、ってことくらいはわかった。そして半分以上使われたパン粉はない。

あたしが黙ってパン粉の袋を奥に戻すと、六畳間のほうにいたはずの将チンがすぐ後ろに立っていた。ごくナチュラルに、あたしの腰に手を回してくる。

「台所にいる女の子って、そそるよね」

将チンの顔がすぐ傍に来る。頬があたしの頭にくっつきそうなほどだ。

あたしは反射的に肩を縮めていた。『よね』って言われても、あたしそういう趣味がないからわかんないや、あはは」とか適当なことを口走って、ごまかそうとしてしまう。

でも将チンはまったくごまかされず、あたしの短い前髪に軽く触れたあと、唇を寄せてきた。将チンのきれいな顔が接近してくる、と思うとたまらずにあたしはぎゅっと目をつぶってしまう。

将チンの息が自分の唇に届くのがわかったけれど、いつまで経っても唇のつく感触はなかった。代わりに、両方のまぶたに、ぴとんと指の感触が落ちる。

「つむりすぎ」

半目を開けると、将チンがチョキであたしの両まぶたを軽くおさえていた。

顔から火が出るかと思った。目を逸らして、あはははは、と笑ったけれど将チンは薄ら笑いしか浮かべない。

「有里ちゃん、処女でしょ」

将チンが静かに言った。嘘つきたい、と心から思ったけれど、結局あたしは真実を口にしてしまう。

「そうです……」

ふん、と音がした。将チンが鼻を鳴らして笑ったのかもしれなかった。

「それ二十四日までね」

聞き違いか冗談かと、おそるおそる視線を戻すと、将チンが真面目な顔であたしを見ていた。

「イブはひと晩いてくんなきゃやだ」

有無を言わさぬ雰囲気だった。あたしは普通の十九歳の女子らしく「もっちろん」と返事をしてみせたけれど、腋《わき》に染みができそうなほどの汗をかいていた。

駅前のスーパーに寄り、パン粉を買って帰った。他の女のやつより高いのを選んだ。

パン粉の他に、練習用のエビなんかも買ってふくれたスーパーの袋は、手の指に食い込んでくる。早足に歩いているうち、見慣れた家の前まで来ていた。塀の代わりに常緑樹の植え込みで囲まれた、岬の家だった。

あたしは習性で、南西の角の窓の灯を探す。岬のいる部屋だ。

部屋に灯りがともっているのを見た瞬間、頭の中でパチンとスイッチの入る音がした。いや、「入る」音じゃなくて「切れる」音かもしれない。あたしは一瞬足を止めて、窓を見上げていた。

岬という人間がいるのを思い出す。あごのところだけ伸ばした変なヒゲと、ブリーチしたぼさぼさ頭、肉に埋もれて細くなった目、おしゃれっこぶったフレームの細いメガネ。

変な話だけれど、あたしはその岬の顔を思い描くと、「岬がいる」じゃなく、「あたしには岬がいる」と思ってしまうのだった。

──やだなあ。

そう思う自分が、恨めしい。幼なじみだからって、そして岬がブサイクだからって、そんなにあたしが思い上がっていいわけがあるのか。ない。あたしは岬に甘えてはいけない。

——だって岬だって、ちゃんと風俗で童貞切ったじゃん。

どの辺が「だって」で「じゃん」なのか自分でもよくわからないけれど、あたしはスーパーの袋を持ち直し、さらに足を速めて、岬んちの前を通り過ぎた。日の暮れた住宅街は、ひとりで歩くと足音が響いて少し怖い。


公園で星を見ていた。

今年の、センター試験の翌日のことだ。

あたしはセンター利用で大学を受験していた。高校ではさっそく自己採点が行われ、結果はボーダーぎりぎりだった。教室はてんやわんやで、女子では泣き出す子もたくさんいて、あたしもその空気に呑まれて友だちと一緒に泣いたりしたのだけれど、家に帰ったら全然涙が出なくて、ただ眠れなかった。

マフラーを幾重にも巻いて、男物みたいなジーンズにダウンを着て、完全防御で外に出た。なんだかどうしても、家にじっとしていたくなかった。

——運命って、こんなにわからなくなったりするんだ。

あたしはわりと小さい頃から、自分の人生を決めていた。あんまり頭がよくないのはわかってたし、部活はやってても別に役立たないのがわかってたし、あの近所の、レベルの高くない大学まで行って、そこで四年間を終えたら、普通に社会に入っていくつもりでいた。

でもそのレベルの高くない大学にすら、自分は今拒《こば》まれようとしている。

まだ一月なので、願書を出して間に合う私大はいくらでもあったけれど、そこまで粘る意味があるのか不明だった。また、逆にこれで思い切って、高卒で働くだけの意志が自分にあるのかというと、そうでもない。

——春が来たらあたしは何をしてるんだろう？

冷え切った空気の中で、星はぎらぎらと瞬《またた》いていた。自分が地球のふちにいるような気がした。

その時、「有里」と呼ばれた。

振り返ると、公園の入り口に岬が立っていた。姿を見るのはどれくらいぶりだかわからないのに、あたしはそのデブ猫ふうのシルエットを見て、ちゃんと岬だとわかった。

「おっ前、こんなとこでなにしてんのー。あぶねーよ、夜中にさあ」

まだ何も言葉を交わさないうちから、あたしは自分がほっとするのを悟っていた。

岬だ。

岬がいる。

別にあたしたちは特別な幼なじみではない。小学校や中学校のことを思い返しても、ただ一緒に笑っていたことや、せいぜい流行っていた遊びくらいしか思い出せないのだけれど、その時間の積み重ねがあるだけの場所に、あたしは全力で寄りかかりたくなってしまった。


次々ときつね色になり、鍋の底から浮かび上がってくるエビフライたちと格闘して、「なんでこんな油散るの?」「こんなことさえどうにもできないなんて日本も世界も発明力ないんじゃないの?」とお母さんに向かってわめいていたら、いつの間にかすぐ後ろでガリガリとエビフライを食ってる奴がいてびっくりした。

「これ、衣《ころも》の厚さにムラありすぎだぞ」

「ひゃあああ」

もうまったく、本当にまったく人の気配を察知していなかったので、びっくりする。ジャンパーを着たままの岬が、テーブルについて、山のようなエビフライと向かい合っていた。すぐ横にお父さんがいる。多分、家の前で会って一緒に入ってきたのだろう。

「あんたなんでいるの！」

あたしは多分真っ青になって叫んだと思う。さっきまで、こんなにエビフライ揚《あ》げたら家族三人で食べきれない、岬に分けにいこうかな……あ、でもそれすげーやだ、とか考えていたところだったのだ。

岬はあたしの様子が変なのに気づかないらしい。工場のマシンの一部になったかのように、エビフライをひょいぱくひょいぱくしては、横の皿の上にしっぽを積もらせていく。

「なんでって、ちょっとノート切らして買いにいこうと思ったら、ここんちからいいにおいがしてきたから。で、お父さんに誘われたし」

お父さんが横でコートを脱ぎながら、がははと笑う。

「いやー、岬くん、顔に『腹減った』って書いてあったよ。恋しい目でうちの窓を見てるんだよ。これはお招きしないわけにはいかないと思ってね」

お母さんが、さっそく食器棚と冷蔵庫を開け、岬のために「ソース皿」「マヨネーズ皿」をつくってやっていた。「できたてで食べるのが一番おいしいわよねえ」と岬に向かって愛想を振りまいている。お父さんも立ったまま手を伸ばして、エビフライをひとつソースにつけた。

「うまい！　有里は料理の才能がある！」

「やだ、お父さん、今すぐ準備しますから、つまみ食いしないでくださいよ。あ、岬くんもご飯食べてく？　今日は炊き込みご飯なのよ」

「ええっ、いや、でも……炊き込みご飯いいなあ」

あたしを置いて、三人はほこほこしていく。狭い台所に、油のにおいがわっと弾けて、こもる気がする。いいにおい、夕ご飯のにおい。炊飯器のスイッチがかちんと音を立てて、保温に変わるのがわかった。ご飯も炊けた。

「しかしお父さん、有里さんの料理の才能は正直ちょっと問題があるかと」

岬の声がする。あたしにいちゃもんつけてるくせにちょっと楽しそうなのが、声色ににじみ出ていてむかついた。しゅっと音を立ててエビフライがまたひとつ油の上に浮かぶ。あたしはそれを、キャッチすることができない。

帰ってよ、と叫びたかった。岬にこれ以上エビフライを食べさせたくなかった。でもそうしたら、何も知らない岬は傷ついてしまう。こいつは結構ナイーブなのだ。

悔しくて唇を噛んだら、目が合った。岬はやっとあたしの顔を見たのか、ぽかんとしてから、目を逸らした。

山のようなエビフライの半分は岬の腹の中に消えた。

岬は食卓で、あたしの顔色をうかがいながら、口数少なだった。さすがに親たちの前では、下ネタを連発することもできなかったのだろう、お父さんに絡まれ、受験の話をずっとしていた。

「私もケーオーを受けてね！　あの頃から英語はむつかしくてね！」

「はあ……」

お父さん落ちまくったくせに受けた自慢しないで、と突っ込む気力もなく、あたしが黙りこくって、箸をあまり進めずにいると、隣でお母さんが囁いた。

「大丈夫よ、初めてのお料理ってこんなものよ」

油が喉を落ちて点々と胃に溜まるのがわかる気がする。全部、全部が重苦しい。

食事が終わった後、しぶしぶながらも岬を送りに玄関まで出ると、ドアを開けてから岬が振り返った。

「な、料理してたのって、もしかして将チンのため？」

リビングにいるお父さんたちに聞こえないくらいの声で、あたしに問う。あたしが答えずにいると、岬は眉を八の字にして言った。

「ごめんな、俺なんかが食っちゃって。最初にそいつに食わせたかったろ」

メガネの奥の目が、本当にすまなそうに細められる。胸にずんと痛みが走ったけれど、あたしはそれを無視して言った。

「ほんとだよ」

岬は丁寧なくらいそっと目を伏せて、もう一度「ごめん」と言うと、ドアを閉めた。がちゃん、と金具の鳴る音が、大きく廊下に響いた。


「つかさ、パーティーって何人くらい来んの？」

「彼氏彼女持ちは来ないんでしょ？　一年の女子じゃ～……有里ちゃんが抜けるだけだから、七人？」

「男子は出席三人、欠席三人って言ってたよ」

「うーっそ、誰よ、どの三人が彼女持ちなのよ、あん中で！　きしょ！」

食堂で、将チンと待ち合わせをしていた。あたしがその子たちに気付いたのは、たまたまだった。昼休みで人がぎゅうぎゅうになった食堂の中に、同じサークルの女の子たちがいる。

声をかけようかと思ったけれど、少し距離があるし、みったんも中にいないし、これから将チンとふたりで食事をするつもりだったから、放っておくことにした。でも、耳は会話を拾ってしまう。

「このサークル、一年男子ハズレ多すぎ」

「でも有里ちゃんは、拾いもんしたよね」

「あー、有里ちゃんね、将チン先輩ね……」

そこで会話が止まる。あ、聞かないほうがいい気がする、と思った時にはもう遅く、誰かが続きを口にしていた。

「あれ、拾いもんかあ？」

自分が悪く言われると構えていたあたしは、矛先《ほこさき》が将チンに向いたのに純粋に驚く。けれども他の子たちも、すぐそれに同調した。

「……やっぱいよね～」

「パねえ！　って感じ。そりゃ美形だけどさ、あんだけ自己中《ジコチュー》オーラ出てたらわかるじゃん」

マナーモードにして右手に持っていた携帯が、ブーッと音を立てた。液晶に、「将チン」と表示が出る。

あたしは携帯を耳にあて、なるたけ小さな声で応答した。

「もしもし」

がさがさいう電波越しの声を想像していたあたしは、将チンの返事が普通に聞こえたことにびっくりした。

「有里ちゃん。どこいるの?」

顔を上げる。トレイや財布を持ってぐちゃぐちゃした学生の群れの中に、将チンが立っているのがひとめで見つけ出せる。麺《めん》類の列に並んで、携帯を耳に当てている。サークルの子たちとは方角がズレていて、距離的には将チンのほうが近い。

「もう、食堂にいるよ」

と通話口に口を近づけて言ったけれど、将チンはトレイを持ち直してきょろきょろしただけだった。

「どこさ?」

「あたしには、将チン見えるよ」

「えー、うっそだあ」

将チンはこっちのほうに一瞥《いちべつ》をくれたけれど、本当にあたしを見つけられないんだろう、すっと視線を横に逸らせた。あたしはその視線の軌跡にばっさりと身体を切られた気がした。同時にサークルの子の声が耳に入る。

「とっかえひっかえしてるように見えるけど、あれって女に逃げられてんでしょ。二年の先輩が言ってたよ」

なるべく声を出したくなかったけれど、もう呼ぶしかなかった。

あたしが「将チン！」と叫んで手を振ると、サークルの子たちはびくりと肩を震わせてこちらを見、将チンは首を傾げた。

携帯をたたんで駆け寄っていくと、将チンはけらけらと笑い声を立てて言った。

「なんだ、そんなとこにいたんだ。ほんとわかんなかった」

恋は、あたしを、全然知らないところに連れてってくれる。

いや経験がないからわからないけれど、そうじゃなければ困る。あたしは岬という幼なじみに支えられて、甘ったれた一生を過ごせるわけじゃないのだ。多分。

——もっと来いよ。

岬が、あんなふうに言ってくれるのが、ずっと続くわけがない。あたしたちは幼なじみで、小学校も中学校も、なんとなく一緒にいたなって記憶はあるけど、それだけで。親しみを特別ななにかとかんちがいして、そのまくっついちゃうなんてのは、よくない。

あたしはちゃんと恋をしたい。世の中の男の人たちがいかなるものだかを知って——知った上で、岬のことが好きなら、好きって言いたい。

もちろん、その時岬があたしのことを必要としているなんて保証はどこにもないのだけれど。

「明後日だね、イブ」

二十二日、教養系の講義であたしに声をかけてきたみったんは、髪をばっさりと切っていた。あたしはクリスマスが近づいてなんかブルーだったのだけれど、みったんの変身を見たら、きゃあっと声を上げてしまった。

「なにそれ！　失恋？」

「イエ～ス」

あたしの問いに、みったんは低テンションのままうなずく。あの腐れ縁の彼氏と別れたらしい。

「じゃ、サークルのクリパ行くの？」

「行かない。っつーか、その略称アホみたいだからやめて」

「みったんって……なんでうちのサークル入ったの？」

隣の席について、素朴《そぼく》な疑問を口にすると、みったんは「変わりたかったんじゃね?」とマジに即答してくれた。少し間があって、照れ隠しのように「っつーか!」と声を上げる。

「有里、やっぱ将チンのとこ行くの?」

すぐにはうなずけなかったけれど、あたしは周りのざわめきを三秒くらい聞いてから、「うん」と答えた。みったんが遠い目をする。

「有里がいいなら、いいけど……」

なんかあったら電話してね、助けにいくから、と力説し始めたみったんに、あたしは張《は》りついた笑みを返すことしかできなかった。

二十四日の夜はきんきんに冷えた。

雲はない。だから雪のクリスマスは残念ながらのぞめない、と朝に天気予報の人が言っていた。あたしは使いかけのパン粉と、スーパーで買ったエビと卵を抱えて将チンのアパートのチャイムを押した。

将チンはいつも通りのラフな格好で出てくる。あたしは、水仕事をしやすくなおかつガーリーな感じは出ると考えたパフスリーブのワンピースの下にニットを着て、髪を巻いている。爪も、短く切ったけど明るいピンクで塗った。

昨日駅ビルで選んだ赤いチェックのエプロンをして台所に立つと、将チンは流しに寄りかかって、ビニール袋の中身を覗いた。

「エビフライにしたのね。俺、揚げたて好きだから、先につけあわせのキャベツ切っちゃってね」

多分他の男に言われたらむかつくけど、将チンだからむかつかない。あたしは言われた通り、衣をつけてエビを揚げる前に、千切りキャベツを氷水に通した。白いご飯は一応、炊き上がった状態で炊飯器にあった。味噌汁《みそしる》はなめこと豆腐だけでつくってしまう。

あたしが台所で働く間、将チンは六畳間でテレビを見ていた。時々甲高《かんだか》い笑い声が聞こえた。

エビを油に入れる。浮かぶのを待つ。あたしの頭は勝手に、この間の自分ちのキッチンを思い描いている。次いで、玄関で別れた時の岬の顔。ゆっくりとした目の伏せ方。あれから、岬には会っていない。

——ああ、これだからやだったんだよ。

そう思ったけれど、今からはなにも変えられない。岬に先にエビフライを食わせたせいで、今岬のことを思い出してしまっていることも、そしてあたしが一、二時間後には将チンにとって食われるだろうことも。

怖い、と思った。いくらあたしが将チンに恋しているといっても、男の人の前で裸になる自分なんてのはあまり想像したくなかった。それはやっぱり、「とって食われる」である気がする。

——でもここを乗り越えなくちゃ。

足元からのぼってくる寒気を、あたしはすきま風のせいだと自分に言い聞かせ、フライを十二個揚げた。衣がさくさく立って見えるうち、六畳間のテーブルに並べた。将チンは「おっ、うまそうじゃん」と言って、テレビに背を向け、身を乗り出してきた。

あたしたちは向かい合って、いただきますをする。

「ささやかだね」

と言うと、将チンは「いいんだよ」と笑った。

「クリスマスは、誰かといるってことが重要なんだよ」

十二月二十四日はセックスの日、だとかいう岬の妄言《もうげん》が頭に浮かぶ。将チンは何度、クリスマスにセックスをしてきたんだろう。「誰かといる」を「有里ちゃんといる」に言い換えるだけで、だいぶ台詞がましになるってことに、気付かないんだろうか。

「なんか、喋んないね」

しばらくして将チンが口を開いた。あたしが「え〜」というより先に、タイツ越しにつま先が触れる。テーブルの下で、将チンがあたしの膝をつついていた。

「緊張してんの？」

と訊かれ、「そうかも」と言うと、将チンは小さく息を漏らして笑った。

「痛くねーよ。俺うまいし」

「ふ」

とあたしも笑ったけど、岬の下ネタより笑えない。間が長くて、あたしはなんとなくカーテンを見た。窓にかかっているのは、日に焼けた薄いカーテンで、部屋の中が外に透けそうなほどだった。街も透けそうだ。

きっと今たくさん灯っている窓の灯のなかで、半分くらいはこれからやっちゃう男女なんだろうな、と思い、それから岬のことを思う。岬は家で机に向かって、今日はセックスの日だ、孤独だ、とか思ってるんだろうか。あたしが今なにしているか、少しでも考えたりするだろうか。

「喋れよ、有里ちゃん。いつもよりつまんねーよ」

将チンが言った。あたしはエビフライにしょうゆを垂らしすぎた。

「あたしには岬っていう幼なじみがいてね」

うん、と将チンが気のない相槌を打つ。

「デブでメガネでぐずで、小学校ン時はリレーの足引っぱりで、まあ頭はいいほうなんだけど、受験の時ソープ行くようなバカでね。てか、あれって落ちるのがわかってたからおかしいことしてみたんだと思うけどさ」

「……男？」

将チンがちょっとこっちを見るのがわかった。あたしはしょうゆをかけすぎてしまったエビフライを一口かじってから、皿に目を落として言う。

「あたしのことが好きなのよ」

嘘だった。岬があたしを必要としてるのはわかるけど、好きかどうかは知らない。

将チンは「へえ～」と棘《とげ》のある声で言うと、「すっごいね」と言った。そして食事を終えるまで口を開かなかった。

一時間後、あたしは将チンとふたりで狭いユニットバスにいる。

「俺、一ミリでも他の男のこと考えてる女は触んない。むかつくし」

あたしは膝を抱えて浴槽の隅にへばりついている。将チンはあたしに飛沫《しぶき》がかかるのにもかまわずシャワーを浴びる。石鹸でぐいぐいと首筋を洗う。

湯気と飛沫でかすむ将チンの背中には、大きな火傷《やけど》の跡が見えた。それがなんなのか、将チンはもちろん語らなかったけれど、あたしはそれを見た時やっぱりこの人を好きなんじゃないかと思いたくなった。少しだけ。

お風呂から上がると、将チンはさっさとTシャツをかぶり、六畳間に布団を敷いた。そして「帰ったら殺す」とだけ言って横になってしまった。

あたしは持ってきた部屋着を着て、将チンの横に寝たけれど、将チンは本当にあたしに手出ししてこなかった。あたしがちょっとでも寝返りを打ったりすると、掛け布団を引っぱって身体を離した。

我慢大会みたいなその時間を、あたしは天井の電気を見てやり過ごした。時々浅い眠りに引き込まれたけれど、夢というほどの夢は見ない。街にたくさんの灯りが浮かんでいるイメージが、ふっと頭を通り過ぎるくらいだった。

日が完全にのぼってから、あたしは将チンの布団を抜け出た。将チンはあたしに背を向けたまま何も言わなかったけれど、多分起きていたと思う。気配が起きている人のものだった。

昨日の服に着替え、ご飯と味噌汁に少なくともひとりぶんの残りがあるのを確かめてから、あたしは冷蔵庫にある卵で、下手くそな卵焼きをつくった。それを置いてアパートを出た。

朝陽は眉間《みけん》を刺すように照り付ける。

アスファルトの隅が、水たまりの形で時々ぎらっと光った。氷が張っているのだ。あたしは通勤で駅へ向かう人たちの流れに逆らって歩いていった。家の傍に着く頃には、人影がまばらになり、氷も溶けかかっていた。

自分ちじゃなく岬んちの門をくぐり、チャイムを押す。お母さんが出てきて、あたしを見て露骨にびっくりした顔になったけれど、「メリクリでーす。岬いますか？」と普通に言ったら、上がらせてくれた。

「昨日は遅かったみたいで、寝てるけど……よかったら起こしちゃって。寝坊が癖になると困るし」

あたしは階段をのぼって、すぐ傍のドアを開ける。カーテンを引いた薄暗い部屋に、むっと岬のにおいが立ち込めていた。乾いたみかんのスジみたいなにおい。

そのにおいを掻き分けてベッドの前までたどり着くと、一気に力が抜けた。あたしは、岬が巨体をのさばらせるベッドのふちに、頭をぽとんと落としてしまう。岬は闖《ちん》入《にゅう》者に気付くことなく、ぐうぐうといびきをかき続けていた。

あたしも眠った。船にしがみつく人みたいな姿勢のまま、すうっと眠り込んでしまった。

眠りの合間に、岬の「うおっ」と驚く声や、「起きれ〜」という呼びかけを聞いたような気もするけれど、身体が動かなかった。

膝の下に手を入れられて、ひょいと抱え上げられた。あたしをベッドに寝かせて、岬が出ていくのがわかった。ドアがぱたんと閉まって、空気が静まり返ると、あたしは眠ったまま涙をこぼした。子どもが遊び疲れて泣くような、無責任な泣き方なんだろうけれど、ベッドに残っている岬の体温に、安心してどうしても我慢できなかった。

あたしは中学の制服を着て保健室にいる。

部活の練習仕切りすぎとかちょっとしたことでハブられて、一ヶ月くらいバレー部の子に無視され続けていた時期、朝どうしても教室に行きたくなくて、保健室に行ってしまった。このまま保健室登校になるのなんてやだ、あたし別にそういうキャラじゃないし……とか机に頬を押し付けて考えていたけれど、どうしても教室に行ける気がしなかった。

でも一時間目の休み時間、岬が弁当抱えて入ってきて（保健の先生と仲良しで、いつも保健室で早弁《はやべん》させてもらってたらしい）、弁当箱のご飯をあっという間に半分平らげると、なんでもないふうにあたしに言ったのだ。

——ほら、行くぞ有里。

岬のくせに、なに命令してんの？　むかつくんだけど！　とか文句たれながらもあたしは、岬の二メートル後ろを歩いて教室の前まで行き、するっとドアをくぐってしまった。

そこから場面が飛んで、あたしは今度は、岬んちの庭で、ランニング一枚の岬の頭にブリーチ剤を塗ったくっている。六月の晴れた日だ。もうお互い制服を着る歳じゃない。

なんつーか目ェ覚ましたいし景気づけ、って岬は言ってた。そして、こんなことお前に頼んでごめんな、とも真面目な顔で言うのだけれど、あたしは中学の、あの保健室でのことを思い出して、全然いいよと思っている。ごわごわの髪に薬剤をからめると、ますます櫛《くし》通りが悪くなり、力いっぱい櫛を引いたら、岬が悲鳴を上げた。あたしは笑う。

夢だ。で、記憶だ。

目を覚ますと、窓から冷たい風が入り込み、カーテンを揺らしていた。岬が窓の脇の学習机に座っていた。外はよく晴れているらしく、雲のない薄い水色が窓枠の内側を満たしていた。

あたしがしばらくじっとしていると、岬がふっと振り返った。目が合う。

「寝すぎだよ、お前」

椅子ごとこちらを向いて、岬が言う。

「……つか、なんだ、アレか？　そんなに『セックスの日』の報告をしたかったのか、俺に？　エビフライうまくいったの？」

あたしが答えずにいると、岬は間を埋めるようにべらべらと喋り出した。

「んま～聞いてやってもいいけど、あんまり生々しい話は控えろよな、俺受験生だし。将チンのチンコのデカさくらいだったら聞くけども」

また下らないことを言っている、あほだこいつ、と思ったけれど、あたしは枕に頰を押し付けて、しばらく岬の話を聞き流していた。

「……なんで喋んないの？　余韻《よいん》に浸っているの？　俺のベッドで！　きいぃぃ」

今手を伸ばして、真面目な顔して呼んだら、岬はたぶんあたしを抱きしめてくれるだろう。あたしは抱えきれないくらいの安心感に酔うだろう。

でも、でもまだ早すぎる気がするのだ。

「岬」

「ん？」

あたしは布団に入ったまま、一息に言った。

「あたしもっともっと傷ついて岬に会いたい」

カーテンが揺れる。寒風が通り抜ける。勉強机のほうから、紙のめくれる音がする。岬はふざけていた顔を一瞬で元に戻し、きょとんとしてあたしを見た。それから長い間を置いて言った。

「よくわからんけど、それは告ってるの？」

少し震えた声だった。「わかんない」と正直に答えると、岬はメガネを外し、顔を覆って「あああ～」と変な声を上げた。

困らせたかもしれない。でもあたしは、岬の成分が入って湿って重くなった布団にくるまれたまま、奇妙な満足感に包まれていた。

「でも俺受験生だから！　春になったら考えてやんよ！」

岬が、顔をゆでたエビみたいな色にして、勝手なことを口走っている。あたしはそれを横目に、頬をずりずりと枕にすりつけた。

岬のにおいがする。岬がいる。

夏が僕を抱く

ミーちゃんに再会したのは、夕立に降られて駆け込んだ渋谷のレコ屋の入り口だった。

辺りはひどく蒸して、温室というよりは炊飯器の中みたいだった。昼間なのに急に暗くなった空を眺めながら、俺は、そうだよ炊飯器の中って暗いだろ、多分、とか心の中で適当にひとりごちていた。

なにげなく横を見たら、女が屋根の下に駆け込んできたところだった。肩口が大きく開いたカットソーが、雨に濡れて下のブラジャーを透かしている。俺も二十歳を過ぎているから透けブラなんて特にありがたくもなんともなかったけれど、透けた下着が総レースでしかも黒で、そしてそのゴージャスさに似合わぬほどぺたんこサイズだったもんだから、なんとなく興味を引かれてしまったのだ。

——こら～透けすぎだろ……。

と思いつつ下に目を動かしていったところで、俺は慌てて女の上半身に視線を戻した。

気付いたのだ。女が、大昔に遊んだ田舎のじーちゃんちの女の子に似ていることに。

われながらよく気付いたと思う。日に焼けた手足を思いっきり振り回していた若干がさつすぎるあの子と、今目の前にいる渋谷にはありふれたタイプの若い女と、どこが重なるというのか。大きな瞳と、ミニスカートから出たがりがりの脚くらい……。

でも俺は、ためらわず声をかけた。

「ミーちゃん」

こっちを見た。ということはミーちゃんだった。

ミーちゃんは一瞬、赤の他人へ向ける疎《うと》ましげな視線で俺を見上げたけれど、一度まばたきをしてつぶやいた。

「……ハネ？」

俺は黙ってうなずきを返す。昔は見上げていたミーちゃんの顔が、俺より頭ひとつぶんも下にあることがさっそく淋しかったけれど、その淋しさは、一秒も経たないうちにミーちゃんの笑顔によってふっとんだ。

「ハネえええ！」

周りの人たちが大声に驚いてこっちを見るのがわかった。俺は笑っていた。ミーちゃんの、口を思いっきり開いた笑い方と、そこに覗く大きな前歯がそのまますぎたもので。

ミーちゃんは俺の腕を両側からつかまえるようにはさんで、興奮気味にまくしたてた。

「うっそお、ハネ、元気なの？　なにでっかくなっちゃってんの？　やーもう、ハネ～」

ミーちゃんの髪の、濡れて束になったところがぽとっと垂れていたので、俺はそれを指で払ってやりがてら、ぐしゃぐしゃと彼女の髪を掻きまわしてみた。

「ミーちゃんこそっ、こんな大人っぽくなってたらわかんないよ。俺すげえ、センサーがすげえ」

あはははははは。

意味なく笑い続ける俺たちの横で、雨はますます勢いを増し、渋谷の街に降り注ぐ。どこかで雷が鳴り、女の子が甲高い悲鳴を上げた。雨が降りすぎた時にする泥のようなにおいが、俺とミーちゃんを包んでいた。

ミーちゃんは俺より三つ年上で、じーちゃんちの孫だった。要するに俺から見ると従姉《いとこ》だ。

子どもの頃の俺は、夏休みになると、長い時で一ヶ月、短い時でも二週間、遠く青《あお》森《もり》のじーちゃんちに滞在した。愛がないわけじゃないけれど、我が家というのはなにかと放任主義で、子どもをひとりで親族の家に放り込むのも平気なのだった。青森は父方の実家だけど、商売をやっている父ちゃんが帰省するわけはない。俺は小学一年生から、ひとりで新幹線に乗らされた。東京駅までは母親が見送り、盛岡《もりおか》からはじーちゃんが車に乗せてくれた。

俺はあんまり人見知りしないし、物怖《ものお》じもしないから、じーちゃんちに行くのはおっくうでなかった。田舎でバリバリ虫とってやるぜ！　超でかいカブトムシの標本つくって新学期の教室のヒーローになってやるぜ！　って気持ちしかない。幸いにして俺は結構、頭が悪い。

だからミーちゃんのことも、基本、「夏休みの友だち」くらいにしか考えていなかった。ミーちゃんも俺に似て（っつうか父方の家系らしく）、頭が悪い。三つ上だったのに、俺の姿を見ると飛び跳ねんばかりの勢いではしゃいで、「おっしハネ、山行ぐど！」と来る。後になって考えると、あの性格だと思春期の女子としてはだいぶ浮いていたんじゃないだろうか。学校での姿を見られない俺には確かめようがないけれど。

俺はミーちゃんと一緒に山を駆け回った。ラジオ体操より早く起きて、カブトムシの集まる木の下に忍んでいった。ラジオ体操の後は、小学校のグラウンドを一周してから（これがミーちゃんの学校におけるラジオ体操の決まりだったらしい）、また山に直行する。サワガニをとったり、川を裸足《はだし》で渡ったりする。

年の近いイトコは他に数人いて、盆《ぼん》の前後は本家であるじーちゃんの家に集まっていたけれど、他のやつらはあまりついてこなかった。子どものくせに「日に焼けるとかっこわるいもん」なんていう女もいたし、「正直ゲームのほうがいい」ってぼやいてる男もいた（そういうやつは青森と同等の田舎の子だったから、まあ山になんて飽きてたのかもしれない）。俺の友だちはミーちゃんだけだった。

「ハネえっ、ここまであがってきてみっ」

ミーちゃんは裏山にあるデカい木によくのぼった。スニーカーを脱ぎ飛ばし、裸足になると、足がぺたぺたと吸い付くように幹をよじのぼり、太い枝に腰を下ろした。あれはクヌギの木だったろうか。

俺は負けじと木にのぼろうとしながら、ふと上を見て、ミーちゃんのパンチラに気付いてしまう。ぶらさがったガリガリの脚のつけね、ミニスカートの中にうっすらと見える白い色。俺は至極《しごく》健康的な少年であったけれども、そのミーちゃんの無防備さを見るにつけ、なにか騒ぐ部分を胸に感じた。教室で、スカートめくりにわざとらしい悲鳴を上げる女子とは違うエロさが、男子のような身体のミーちゃんにはあった。

俺は自分の胸騒ぎに気付かないふりで、猛然と木をのぼる。何度かずり落ちながら、枝にたどり着くと、「さっすがハネ」とミーちゃんがほめてくれるのだった。

ある時ミーちゃんは、その木の上で「ハネはすっごいいい男になるね」と言った。ミーちゃんはもう六年生くらい、俺と遊んでくれたギリギリの時期だったと思う。

「いいよお、ハネはいい」

巨木の枝から足をぶら下げて、空を見ながらミーちゃんはにっと笑った。その姿は爽《さわ》やかであったけれども、俺はミーちゃんの日に焼けた肩を見て、ぎゅっと生唾《なまつば》を呑んでいた。抱きしめて欲しい気がした。それが好きという気持ちであるかどうかは、当時わからなかったし、今も断言はできないのだけれど。

でも考えてみれば、その気持ちは俺の中でミーちゃんにしか向けられたことがないし、あの瞬間の、蟬の声が降る木の枝の上でしか感じなかったのだから、やっぱり世間でいう恋ってやつとはあんまり関係がないのかもしれない。

「ミーちゃん」

呼べばその気持ちが通じるかと思って呼んでみた。でもミーちゃんは「ん?」とこっちを見ただけで、俺を抱きしめたりはしてくれなかった。

あとの言葉が見つからなくて笑った。俺の顔を見てミーちゃんはにいっと笑い、そうして突然、枝から飛び降りた。

記憶はそこで途切れる。


渋谷で再会した俺とミーちゃんは、その後三十分も粘って雨宿り客で混み合うカフェの席を取り、久しぶりのお喋りを満喫した。

「ハネ、なにやってんのお?　学生?」

「いや、バンド。超アマチュアだけど。下北《しもきた》在住の地の利で色々。ミーちゃんは?　だいたいいつ東京出てきたのよ」

「あ、普通に大学進学で。短大?　とっくに卒業したけど、ま、今はバイトしつつフラフラみたいな」

「俺と同レベルだね。さすがイトコ!」

夕立はほどなく上がった。雨を降らせた雲が空を抜け切る前に、ミーちゃんは席を立った。「行かなきゃ。約束してんだ、この後」と言う。もっと話してたいな、と思ったけれど、ミーちゃんが手早く携帯を出して、「アドレス交換！」と言ってくれたので嬉しくなった。

赤外線で、ぴっと交換してしまう。ミーちゃんは「じゃ、またね。絶対ね！」と残して人混みに消えていった。気持ちいい去り方だった。後ろ姿を見送りながら、さすがミーちゃん、と俺は心の中で喝采《かっさい》を送る。ミーちゃんは相変わらず、「いい」。ミーちゃんが「いいよお、ハネはいい」って昔言ってくれた、あの「いい」だ。

俺はお喋りにかまけてろくに口をつけなかったオレンジティーを飲み干し、ミーちゃんに遅れて店を出た。それはもう、足取り軽く。

そうしてそのまま、ふわらふわらと下北に帰ったのだけれど、マンションの前に待っている人影を見つけて、現実に返った。

「羽太郎《はねたろう》、携帯出てよ」

三科由香《みしなゆか》。今の俺の彼女だ。

今の、ってことは一ヶ月前のでもないし多分一ヶ月後のでもないんだけど、ギャルい見た目のわりにしぶとい女だから今後どうなるかはわからない。こうやって、実家の前でも待ち伏せするようなやつだし。

「どこ行ってたの」

「なにしに」
「渋谷」
「レコード漁《あさ》りに」
「そんなの地元でやればいいじゃん、意味わかんないし。てゆーか、しゃがんでて足超疲れた。入れてよ」

言いなりになって、俺はマンションの中に三科を入れる。実家だからあんまり女を通したくないんだけど、「うち共働きで放任で、高校出たら親は夕食もつくってくれなくなった」って言ったらあっという間におしかけてきて飯女房になってしまった。すごいアクション能力。そして暇人（短大生だけどろくに学校行ってない、実質かじってだ）。

三科はじゃんじゃかじゃーとチャーハンをつくってくれて、それに浅漬けとか添えて飯っぽくしてくれた。テレビを見ながら食事して、俺の部屋でセックスして、帰っていった。

「ってかさあ、羽太郎今日へんなにおいする。あたしと会う前にシャワーくらい浴びてよ」

と最後にまた注文をつけたけれど。

うーん、と思いながら俺はフライパンと皿を洗う。洗ってるうち母親が帰ってきた。

「あんた今日なにしてたの」

今片付いたばかりのダイニングテーブルにどかどかとスーパーの袋を置いて、母親が言う。

「渋谷をぶらぶらした後、女性と遊んでいました」

と答えると、「ふぅん」と言って煙草に火をつけた。訊いてみただけ、ってやつ。でもこれも親子のコミュニケーションなり。

「そういうの、二十五過ぎると性質《たち》悪いからねえ」

「じゃそれまで満喫させていただくわ」

「勝手におし」

コミュニケーションついでに、ミーちゃんとも会ったよ、ってことを言おうかとも思ったけれど、三科と並列に語るのはなんか嫌なのでやめといた。

ミーちゃんからのメールは次の日に来た。

「ハネ♪♪♪　今から遊ぼう↑↑　てきとうに」

超短文。俺は超短文で「とりあえず渋谷で可?」と返し、井《い》の頭《かしら》線に乗る。

ハチ公のところでぼやっとしてたら、三十分くらいでミーちゃんは来た。

「ハネ〜、や〜ハネ、待ってるハネって懐かしい」

と開口一番言ったが、俺はいつミーちゃんを待ったのか思い出せない。ともかくふたりで街へ出た。空は晴れて、街はがんがんにまぶしく、夏休みの青森の山にちょっと似ていた。

今も、そうだ、世界は遊びまわるためにあって俺をちゃんと待っててくれる。嬉しい。

ミーちゃんは交差点で俺の腕を取った。でもそれは、ぬかるんだ雨上がりの斜面をのぼるために手を借りる時のような、ごく当たり前の動作だった。

「なにする? 映画? ゲーセン? えねっちけー?」

「NHK」

「嘘」

「嘘!」

ぎゃはははは。

会った日と同じテンションで俺とミーちゃんは笑いまくり、笑いまくりながらやっすい服屋をひやかして歩き、坂道でクレープを食った。三百三十円しか使わなかった。高校生みたいなデートをして帰った。

んで三日後に同じ流れで会って、今度は映画館で爆音の中の居眠りを楽しみ、ポップコーンを分け合った。そんでその次は一週間空いて、俺がミーちゃんを誘い、渋谷から中目黒《なかめぐろ》まで歩いた。歩いてラーメン食って帰った。

だからミーちゃんと再び夕立に遭《あ》ったのは、最初を含めて俺たちが五回目に会った時の出来事になる。

四時に渋谷の駅前で待ち合わせて、例によって俺が待ちぼうけてるうち、黒雲が湧いてきた。それはあっという間に空を覆って、雨になった。

どしゃ降りの中で、俺はなんとなく濡れたまんま座っていた。ハチ公の横っちょの植え込みのところで。慌てて駅のほうへ駆け込んでいく人たちが、改札の前でぎゅうぎゅう押し合っていたから、あんまりそっちに行きたくなかった。そうして、別に濡れてもいいやという気がしていた。ミーちゃんは改札から濡れてここまで歩いてくると確信していた。

やがて傘を持たないミーちゃんが俺の前に現れる。ミーちゃんは再会した日と同じように、黒い下着をすみれ色のタンクトップの下に透かしていた。

折りたたみ傘を準備していたわずかなしっかり者を除けば、ハチ公の前から人ははけていた。平然と雨に濡れる俺たちはすごく目立った。

ミーちゃんはなにも言わず、俺の前にかがむと、額にはりついた前髪を乱暴に除《よ》けてキスした。俺も雨の下でミーちゃんの舌をむさぼった。

「どこ行く?」

長いキスのあとで訊いたら、ミーちゃんは黙って笑った。それは、昔見てきた歯の見える笑みと全然違った。唇を噛み込んだ、ちょっとへんな笑い方だった。

ミーちゃんはめちゃくちゃよかった。なんかそんな気がしていたのだけれどやっぱりよかった。

ミーちゃんの胸はぺたんこで、寝れば子どもの頃とおんなじじゃないかというくらい、無かった。息を吸ったり吐いたりするたびに、胸の下に肋骨《ろっこつ》が透けて、脚も付け根までがりがりだった。

外形的には男の子の身体そのまんまなのに、それがかえってやらしかった。ミーちゃんは雨に負けないほど湿ったなにかを皮膚のすみずみから噴き出させていて、そこが昔とは全然違う。大人のミーちゃんに子どものミーちゃんの身体がくっついているのが面白くて、俺は行為の後でミーちゃんをベッドの外に出し、裸のまんま壁際に立たせた。ちょっとそこに立って、と頼んで、自分はベッドに寝転んで眺めていた。そうしていると頭の芯がしびれてきて、俺はその時間にずっと埋もれていたいと思った。ミーちゃんも立たされているのに文句ひとつ言わず、壁に寄りかかったままうるんだ目で俺を見ていた。

「ハネ」

ミーちゃんは壁にぺったりと手をつけて泣きそうな声を出した。

「ハネはやっぱり……」

「ん？」

ミーちゃんはその後を続けず黙って首を横に振ったけれど、だいたい言いたいことはわかった。俺とおんなじに、「やっぱり、いい」って思ってる。そうでしょ？

俺はベッドから下りて、裸足のまんまミーちゃんの前まで歩いていき、長い黒髪をひとたば取った。立ち姿のミーちゃんともやりたかった。

視線が引っぱり合うから、目玉だけ宙に出て真ん中でキスしそうだった。今なら、俺とミーちゃんの目玉は、飴みたいにくっついて溶けてべたべたになって床に落ちれる。

あの日考えたより遥かに強い力で、ミーちゃんは俺の首を抱きしめた。

そのまんまホテルに泊まり、渋谷を出たのは翌日の昼だった。ミーちゃんは山手線《やまのて》なので、ＪＲの改札まで送っていって、手を振った。脳みそが働かず、真夏の暑さばかり肌にぶら下がっていた。人混みに消えていくミーちゃんもよろよろしていた。

ホームに入っていた電車に乗ってドアにもたれたら、携帯のバイブが鳴った。取り出して見ると、「新着メール　8件」という文字が待ち受けに表示されていてびびる。八通のうち六通までは三科からだった。「明日行っていい?」「っていうか、今なにしてる?」「ちなみにあたしは映画のＤＶＤ見てるけどつまんない」「……返事ちょーだいよ!」「これじゃあたしヒトリゴティストやん!」「もういい、寝る」——以上六通が、昨日の十八時台から二十三時台にかけて送信されている。あとの二通は、バンド仲間から。別々のメンバーから、「明日のスタジオ練習忘れないように」というリマインドメールがご丁寧に届けられていた。

俺は携帯を閉じて、だるさにため息をついた。貸しスタジオを押さえているのは、確か十四時からだ。今からだと家に一度帰って丁度いい時間になるのが滅入る。いっそ間に合わなければよかったのに。

車窓の景色をしばらく眺めていた。止まった駅で、なかなかドアが閉まらなかったので、俺はしまった携帯をポケットから出して、メールを打った。

ミーちゃん宛てに、「こんやも会おう」と。


夏の日が街を焼いている。

通り過ぎた角から時間差でプールのにおいがする。髪をぬらした小学生が俺を追い越して走っていった。ちっこい少年少女、合わせて四人。

俺は足を止めてほうける。きゃいきゃい言いながら遠ざかる子どもの背中を見る。

ふと顔を上げると、カーブミラーに自分の姿が小さく映り込んでいた。歪んだ鏡面の真ん中、光の作用でミニマイズされた俺は、細長く卑小だった。

背中にしょったギターがいきなり重くなり、一歩も先に進みたくない、と思う。


ミーちゃんが指定したのは大塚《おおつか》だった。

駅前のマックで待ち合わせて、簡単な飯を食い、暗い路地の隙間のラブホテルに入る。泊まっても五千円の部屋は、狭くて煙草くさくて悪趣味だったけど、その悪趣味さもとりあえずふたりで笑い飛ばしてやった。くそ狭い風呂もくっついて入った。

ミーちゃんを、俺はむさぼる。ミーちゃんの身体は、指ひとつ口に含むだけでも他の子のとは違った。土と沢水でぐしゃぐしゃになった、あの頃のミーちゃんの指を思い浮かべると、わけのわからない痛みが俺の胸をぎゅっと押す。そのたびに俺は心の中でミーちゃんを呼んだ。かっこわるい気がして口に出さなかったけれど、ミーちゃん、ミーちゃんと何度も呼んでいた。

身体より先に、目や舌や指先など、自分のはしっこが疲れてきて、俺は一度「休む」と言って横になった。ミーちゃんも俺のすぐ横にごろんと寝た。長い髪が、枕の上で花火のように散らばって、俺の鼻先に届いた。

変な感じだった。身体の一部分は確実に疲れているのに、走った後のようなわかりやすい疲労感があるわけでなく、また、頭がぼんやりするのに心はさえざえとしている。

とても澄んだ川の底にいるような気がした。きらきらと透明な水が頭の上にあるのに、それは波をつくって太陽の光を弾き返してしまう。歪んだ水の膜で空ははっきりと見えない。

水の中に沈んだミーちゃんの裸足を、ふと思い出した。歪んだ川底についた小さな足を、俺はなんでだかはっきり見えないかと目を凝らしていた。

「あの頃からこうしてたらよかったかな」

ミーちゃんが天井を見たまま言った。

「子ども同士じゃできないじゃん」

俺が言うと、ミーちゃんは目だけでこっちを向いて笑った。

「そうだね、やっぱ大人のハネのほうが素敵だ」

と言って俺のちんぽを軽く握る。ぎゃはは、と声を立てて笑ってから、俺はまた、川の底に戻る。隣のミーちゃんも、俺と一緒に沈んで、きらきらの水面を眺めている気がした。


次に会った三科はしょっぱなから不機嫌だった。

俺の家に入ってくると、リビングのソファにどっかりと腰を下ろし、自分の膝の上で頬杖をついて黙りこくった。

「な〜にそっぽ向いちゃってんの、由香ちん」

俺は隣に座って、三科のワンピースからのぞいたワキをくすぐろうとした（笑うとなんでもうやむやになるのだ、人間）。しかしその手を弾かれてしまう。

「ふざけんのやめてよ。なんで人が怒ってるのかくらい、ちゃんと考えて」

考えろと言われても、まともに考える以前に思い当たることがありすぎて困る。俺はひとまず顔だけ真面目につくると、そっと三科の腰に手を回した。

「俺ばかだからわかんないよ……」

丸投げ作戦。しかし、俺がこれをやると許してくれる女はわりに多いのだった。バカな小型犬が珍しく尻尾《しっぽ》を垂らしてクウーンとしょげてるように見えるのだろう。

しかし三科は作戦に乗ってくれない。

「わかんないなら言うけど。あたし昨日筑摩《ちくま》君に会ったの、駅前で。したらなんの話になるか、わかるよね？」

筑摩というのは俺のバンド仲間のことだ。高校が同じという縁で、ドラムを担当してくれている。コレと言って仲良しじゃないが、三科と付き合い始めたばっかりの時に、彼女自慢をするために三科と飲み屋で引き合わせは、した。

「……バンドの話、かな？」

俺が言うと、三科は「そう！」と勢い込んで顔を寄せてきた。

「なんであたしにライブのこと黙ってたの？　もう再来週だって言うじゃない」

思いも寄らないポイントから責められ、少し驚いた。

――「浮気」じゃないんだ。

「『今度のライブ、由香さんも来るよね?』って訊かれて、『なんのこと?』って言ったら恥かいちゃったわよ。彼女なのに、彼氏のバンドのライブも知らないなんて、不自然ったらないじゃん」

三科がまくしたてる間、俺は黙っていた。

「しかも……なに、羽太郎、ライブ出るの一年ぶりとかって話だったじゃん。別に、ほんとはバンドマンでもそうじゃなくてもいいけどさあ、大事なステージなんでしょ。だったらあたしのこと、呼んでくれてもいいんじゃないの」

クーラーがごうごうとうなっている。外は暑そうだったが、部屋は肌寒かった。

「なにか弁解は?」

と問われたけれど、そんなことをする気はなかった。俺は黙ってソファを立った。

「どこ行くの」

三科のぴりぴりした声が背中に当たるのを無視して、リビングを出る。

「どこ行くのよっ!」

きんと甲高い声が響いて、頭の隅を引っかいた。イラつく。俺は振り返って一息に口にしていた。

「いいだろ、ライブくらい。別に見て欲しくないから言わなかっただけじゃん。それとも、俺は自分のりょーいきを全部お前に明け渡さなきゃいけないの？」

ぽかんとした顔の三科に、「帰って」と言ってしまった。あんまりな言い方だ、とは思ったけれど、今度は弁解の機会も与えられなかった。三科は大またでリビングを出、俺を追い越すと、廊下を駆け抜けて家を出ていった。

「羽太郎、お前いつまでフラフラしてんの？」

筑摩の声がする。

「俺はまあ、大学行ってるし他のやつともバンド組んでるからいいけどさあ、お前はそうじゃないじゃん。ってか、俺はお前のこと心配してんだよ？　これでも」

――はいはい。

「バイトすらしねーで親のすねかじってさ、そのままニートとかなっちゃったらコワいじゃん。いくらお前でも三十過ぎたらモテねーだろ……無職の場合」

――ブサイクのくせにオシャレメガネ気取ってるお前よりはモテるね！　無職でも！

「とにかくさあ、まずライブぐらいやってみようよ。前はアレだったかもしんないけどさあ、ひさびさにやったら楽しいかもしんないじゃん」

――なんでお前そんな上から慰め目線なわけ？　同い年のくせに。別にもう一コ組んでるバンドも大学の内輪ライブに参加するのがせいぜいなくせに。

「何事も最初の一歩からだよ」

――なんだそれ。ティーチャーかお前は。

「大丈夫だよ、羽太郎」


夢だった。バンド仲間が一方的に喋っているだけのその夢に、俺は身体が冷えるほどの汗をかいていた。

現実の状況をハアクしても、心臓のばくばくが収まらない。今のはただの夢じゃない、実際の記憶の再生だ。バンドでライブ出演を決めた、二ヶ月前の。

落ち着くために、俺は見慣れない部屋をゆっくりと見回していく。安くさいピンクのカバーがかかった羽根布団、一メートル四方もないこたつテーブル、その上にのっかった黒い灰皿と、しなびた古い煙草。まだ夜中で、部屋は真っ暗だったが、キッチンの流しにある小さな蛍光灯にあかりが灯っており、その下にミーちゃんがたたずんでいた。

パンツ一枚の上にTシャツをかぶっただけのミーちゃんは、流しに寄りかかって煙草を吸っていた。換気扇の音がする。ミーちゃんは左手に持った携帯電話に目を落としていて、俺が眠りから覚めたことには気付いていないようだった。

――煙草なんて、今まで吸ってたっけ……?

確かに、大塚の駅から歩いて十分のこのアパートに入った時は、煙草くさいかも、と思ったけれど、わずかに鼻が反応した程度だった。部屋に入るとすぐ気にならなくなった。でも、ミーちゃんは現に煙草を吸っている。闇の中では火が目立つ。

ミーちゃん。

心細くて、声をかけたかったけれど、何故かそれができなかった。ミーちゃんとの記憶の中に、心細さや不安はどこにもない。俺はミーちゃんといる時、いつも世界のまぶしさに目を細めていた。夏の緑が、川の流れが、カブトムシの背中のつやつやが、全部まぶしかった。

ミーちゃんがふーっと長く息を吐くのが聞こえた。薄闇の中に、ゆらゆらと煙が流れた。背中に黄ばんだ蛍光灯を背負ったミーちゃんの身体は、骨っぽさがあまりに際立って、なんだか老婆のようだった。

ミーちゃんは携帯の画面を閉じると、その場にしゃがみこんで、携帯で軽く床を殴《なぐ》った。がつん、と結構な音がした。俺は慌てて目を閉じる。

眠ろう。眠って目が覚めたら、俺はミーちゃんとまぶしい朝の中にいる。

ミーちゃんの携帯を見たのは、軽い気持ちでのことだった。

朝起きて一回やって、ミーちゃんがシャワーを浴びると言い、俺はめんどくさいし下着の替えもなかったので、ベッドの上に残ったのだ。部屋は狭く、脱いだ服やら洗濯したらしい服やらが散らばっていて、ベッドの下に落ちたテレビのリモコンは、遠目にもわかるほど埃《ほこり》をかぶっていた。暇だったので、ベッドの上にあるミーちゃんの携帯を取って、見た。

「新着メール　1件」と表示されたディスプレイを見て、反射的に決定ボタンを押してしまう。

――あ、やば。

新着メールなら、見たら見たってわかるじゃん、と思った時には遅かった。俺は受信メールを目にし、しっかりと本文を読んでしまっていた。

〝昨日は悪かった、ごめん。埋め合わせはちゃんとするから〟

差出人の欄には、「秋川《あきかわ》」と知らない名前が書いてあった。

「ごめーん、ハネぇ、バスタオル取ってー」

ユニットバスのほうからミーちゃんの声がして、俺は慌てて携帯を枕元に戻す。

「はいよう！」

ちなみに昨日はミーちゃんと十回目の逢瀬《おうせ》、ミーちゃんは夜の八時を過ぎてから急に会いたいと言い俺をここまで呼び出した。


一曲演奏し終える前に、ベースが止まった。

「ふざけんなっつうの！」

このベースは筑摩がミクシィで探してきた奴で、ライブに当たっての臨時メンバー、というかこのライブだけでもいいからと頼み込んで筑摩が連れてきた近所の大学生だ。名前は確か大原《おおはら》という。

大原はベースをぶら下げて俺をにらみつけた。

「あんたさ、これで人前に出ようとか、たいがいにしてくれよ。こっちは労力と時間使ってここに来てんだよ、それで練習してこない奴と組まされるとかどんな冗談ですかーっつう話だよ」

怒鳴られるのに慣れてない俺は、正直なところびびってかたまっていた。筑摩が

「まあまあ」とドラムの陰から口をはさんでくれて、やっと、「ごめん」と言えた。

「れ、練習してないわけじゃないんすよ、俺ほんとに天才的に下手糞《へたくそ》でさっ」

口が空回りしている感じがする。嘘だし。

「大原くんもさ、一応、こいつが下手糞ってわかってオッケーくれたわけじゃん。もうちょこっとだからさあ、ねえ、子守りすると思って付き合ってよ」

やたら下手《したて》に出る筑摩に、ちょっとむかつかないでもなかったけれど、俺はとりあえずそれに乗って「サーセン、お願いします」と大原に頭を下げた。

大原は、ひとつ舌打ちをしてネックを持ち直す。

「……まあ、これで練習も最後だもんな」

と、自分に言い聞かせるようにつぶやいた。ライブは明後日に迫っていた。

ちなみに俺はギターの「練習」なんてしたことがない。暇があったら、アンプにもつながずぴょんぴょんいじるだけ。

夏休みはいつも俺の前に広がっていたのに。

さあ飛び込んでおいでと手を広げていてくれたのに。

あの場所が田舎だったから？　俺が子どもだったから？

「この電話は、現在電源が入っていないか、電波の届かないところに――」

ミーちゃんの携帯に電話したけれどつながらなかった。「秋川」に「埋め合わせ」してもらっているのかもしれない。

三科からは、あの日以来連絡がない。まあ、もし連絡を取っていたら今ミーちゃんの代わりにしていたかもしれないので、いなくてよかった、とは思った。

人しか通れない小さな跨線橋《こせんきょう》で、線路を見下ろしていた。金網の向こうを、がしゃがしゃと電車が通り過ぎる。下り列車は混み合い始め、街には夕日が落ちている。


日付が変わる頃電話が折り返しかかってきて、ミーちゃんは「ごめんね、電話くれたでしょ。日雇いバイトでさ、電源切ってた」と簡単に説明し、その後普通に会う約束をしてくれた。「たまにはこっち来てよ」と言ってみると、「うん、いいよ!」とさっぱりした答えが返ってきた。

昼から俺の家でセックスをした。ミーちゃんは「ハネって、こんな家に住んでたんだね」と言い、シャワーを浴びたあとぺたぺたと家の中を歩き回っていた。家の中で見るミーちゃんには、何故かどこで見たよりそそられなかった。本当になんでだかはわからないけれど、呼ばないほうがよかったかも、と少し思った。

でもいざ夜になって、家に泊めず送ってしまうとなったら、離れたくなくなった。夜の商店街を、俺はミーちゃんの腰を抱いて、ぺったり寄りかかるようにして歩いた。

「どうしたの、ハネ？　甘えちゃって」

「ん、なんか」

さみしくて、という言葉が舌からつるっと落ちそうになって、俺は口を押さえた。そんなこと別に思ってない、と思う。「なんでもない」と半分笑いながら頭を抱くと、ミーちゃんはくすくすと喉を鳴らして「変なの」と言った。

ふと、ホテルの看板が目に入った。こんな近所のホテルなんて気にしたことがなかったけれど（人目についたらやだから使えないし）、赤紫のペンキが剝《は》げたラブホテルらしい看板だった。

俺は足を止めて、ミーちゃんを後ろから抱いた。

「やっぱ帰んないで」

と声をかけたら、腕に予想外の硬直が伝わってきた。普通にふらふらついてきてくれると思ったから、びっくりした。後ろ姿のミーちゃんは、どんな顔をしているかわからない。でも俺が声をかけてから返事をくれるまでの数秒間、なにか表情の変化があったのが、気配からわかった。

「……すごいねハネ、やっぱ若いと体力あるわ」

ミーちゃんはけらけらと高い声を上げて笑い、それはシャッターの下りた通りに少しわざとらしいくらいに響いた。

「体力とかじゃなくて、ミーちゃんが魅力的だからじゃん?」

「またうまいこと言って」

俺たちは酔っ払いみたいに足をもつれさせながら小道に入り、ホテルの入り口を探す。

クヌギの枝の上からは、ミーちゃんちが見えた。

集落からぽつんと離れて建っている古い大きな屋敷の、玄関でなく勝手口のほうが見える。首に手ぬぐいをさげたじーちゃんが畑に出ていったり、酒屋がビールを箱で配達しにきたりする。

小学四年の夏、俺はひとりで枝の上に座っていた。クヌギの太い幹を、ミーちゃんの身体と思って、そっと寄り添っていた。

ぼんやりしているうち、家の中からミーちゃんが現れる。

ドアをさっと飛び出して、辺りを確認してから、人を外に押し出す。それは男だ。俺の知らない、家族の誰でもない男。子どもの俺にはずいぶん大きく見えたけれど、多分ミーちゃんの中学の先輩か、せいぜい高校生くらいだったと思う。ミーちゃんは、夏休みの昼、家の人間が出払う時間に、そいつを部屋に招き入れていた。俺を、遊んでおいでと外に出して。

別にいかがわしいことをしてはいなかったのかもしれない。下り坂のふもとで、小さく見える男はミーちゃんに別れ際のキスをするでなく、抱擁《ほうよう》をするでもなく、ぎこちなく頭に触れ、礼までして去っていった。

でもミーちゃんはそいつといるために俺を追い払うのだった。

ねえ、カブトムシとりにいかないの。今日はさ、きっといっぱいいるよ。家にいたって暑いから、川にでもいったら。あたしは宿題があるから、行けないけど……。

ミーちゃんの嘘を、俺は責め立てる気にならなかった。これは俺が我慢しなくちゃいけないことなんだろうと、直感でわかっていた。だからおとなしく木にのぼって、ミーちゃんに見立てたクヌギの幹にひっついている。

ミーちゃんはある時、男を見送ってから、ふとこちらを見た。山の中腹にあるこの木と、ミーちゃんちまでには結構な距離があり、俺にミーちゃんは見えてもミーちゃんが豆のような大きさの俺に気付くわけはなかったはずなのだが、ミーちゃんの視線は止まった。俺をとらえて、動かなくなった。

ミーちゃん……。

泣きそうになる俺をよそに、ミーちゃんは、にいぃと笑った。

いや、本当はそんな表情の変化なんて肉眼に見えなかったはずだけど、俺に背を向けて平然と家の中に入るまでの間、ミーちゃんが露骨に笑う映像が俺の脳裏に映ったのだった。

——美代子《みよこ》もう中学生なんだから、ハネくんの相手ばっかりしてられないのよ、ごめんね。

ばーちゃんが申し訳なさそうに告げる。ひとりでかじるスイカ。テーブルには、ラップをべったりとはりつかせたスイカがもう一切れ、放置されている。ばーちゃんが台所仕事をする音を背に、俺はひとりで縁側に座っている。庭の柿の木で鳴く蟬の声がじいいーと大きくなって、頭の内側から頭蓋骨《ずがいこつ》を押してくる。

ミーちゃんは俺の前からいなくなり、この夏休みも消えてしまう。

しょうがないと呑み込もうとしたけど、本当はそんなの嫌だった。大人に近づけば近づくほど、自分をくじけさせる出来事が多くなればなるほど、あの頃の夏休みが恋しくなる。夏は、いつも、ミーちゃんといたことを思い出した。ふたりで駆け出していける世界があったことを、ありありと。

——いやだ、なくならないで。

「……ハネ、痛いよ」

ミーちゃんが熱い息を漏らしながら言った。行っちゃったはずのミーちゃんは、偶然の成り行きから今俺の腕の中に収まっている。

でもどれだけ強く抱いても、いなくなっちゃう気がするのは何故だろう。


「……なに電話してきてんの？」

ミーちゃんの声で目が覚めた。暗い部屋の中、ひとりで離れた場所にいるミーちゃんの姿にデジャヴが起こり、夢かと思ったけれどそこは初めて入った地元のホテルの部屋だった。あの時の、ミーちゃんのアパートじゃない。

ミーちゃんは風呂場のドアにもたれて座り、携帯を耳に当てていた。ベッドの中から、暗闇に浮かぶミーちゃんの白い肌が見える。

「あんたさ、バカじゃないの。平気でひとの約束はすっぽかすくせして、自分がすっぽかされた時ばっかそうやって怒るんだ」

ひそめた声だったけれど、苛立ちがありありと出ていた。俺はミーちゃんのそんな声、聞いたことがなかった。

——夢だ。こんなのは……。

少し寝ぼけた頭で思う。でも俺はミーちゃんの声に耳を澄ましてしまっている。

「奥さんがいるから、自分のほうが立場が上だって思ってるんでしょう」

体育座りをしたミーちゃんの姿を、見つめてしまっている。

「今？　ホテル。男の子と」

悪い夢を見た時のように、冷や汗がにじみ始める。背中に、ワキに。胸がばくばくとうるさい。

「……若いよ。あんたなんかよりずっと若い。かっこいいし」

こんなに見ているのに、なぜミーちゃんは俺の気配に気付かないのだろう。かなしくなってくる。誇張じゃなくて涙が出そうなほど。

「もう切るわ、じゃあね」

ミーちゃんは携帯を耳から離して、閉じた。そしてしばらく腕を不自然に前に突き出し、携帯をぶら下げていた。それをゆっくりと床に下ろすと、今度は長いため息をついた。

ミーちゃんが腰を上げた。ベッドのほうへ戻ってくる。俺は慌てて目を逸らした。けれどその目を閉じることはできない。

掛け布団を押し上げて、ベッドに入ろうとしたミーちゃんと目が合った。ミーちゃんは泣いていた。じぐざぐな涙の筋が、ほっぺたで光っていた。

「ミーちゃん」

俺はとうとう声を出した。

「俺は、ただの『若くてかっこいい男の子』ですか」

「……ごめん」

ミーちゃんの顔が、闇の中でくしゃりと歪む。

ごめんなさい、と言って泣き伏せたミーちゃんの丸い背中に、昔の面影《おもかげ》はなかった。

ミーちゃんは不倫して三年目だった。事務職で入った会社で、見事に上司にとって食われたそうだ。そいつのせいで会社を辞めることになったが関係は続き、頭では別れようと思うけれど、さみしいからそいつの傍を離れられない。結構いいように遊ばれっぱなし。

俺はといえば、エセバンドマンの二年目だった。高校卒業後始めたバンド活動が破滅的にうまく行かず、三度目のイベントライブで客席から人がひとりもいなくなるという事態に遭遇した。それからステージに立つことをやめ、でも他人から何をしているか訊かれると「バンド」と言うことをやめられなかった。

「うちらって最低?」

「かもね」

眠れないしエロいことをする気にもならなかったので、始発が動き出してすぐ、ミーちゃんを駅まで送った。朝焼けの道をふたりで歩く。

例の狭い跨線橋まで来ると、ミーちゃんは金網に指をからめた。下の線路を過ぎていく電車を、一本、見送る。俺も足を止めて横に立った。新宿のほうの空が朝日で赤く、燃えているみたいだった。日本の終わりはきっとこんな感じかもしれない。

「今世界が終わっちゃえばいいのに」

俺が口にすると、ミーちゃんは「そうだね」とつぶやいた。

俺も金網をつかんでみる。一本電車が行ってしまうと線路は静かで、周りも人影ひとつなかった。

「なに考えてる?」

ミーちゃんが言った。「ミーちゃんの田舎のこと」と正直に答えた。「だよねー」と軽い同意が返る。

そうして俺たちは口をつぐんだ。何十秒も、何分も、なにも言わなかった。

今のこの赤い空が、朝焼けじゃなく夕焼けで、みるまに曇って夕立を降らせたなら、俺たちはもう一回ホテルに戻ってべたべたできる。――そんな想像をしないでもなかったけれど、たとえそれが現実になったとして、なにも変わらないのがわかっているから、俺は金網から手を離した。

「ミーちゃん、俺今日ライブ出るの」

口にしてみた。ミーちゃんは「そうなの?」と言ってこっちを向いた。

「でも超逃げたい」

俺のぼやきに、「うん」と相槌が返る。

「ミーちゃんが見に来てくれるんなら逃げない」

そう言ったら、ミーちゃんはちょっとびっくりしたような顔になった。

遠くでぷわんと警笛の音がした。ミーちゃんが振り返る。俺たちが見ていたのと反対側に、近づいてくる電車があるのが見えた。

「……わかった」

ミーちゃんはそう言うと、「あたしも逃げない。秋川にもう会わない」と早口に付け足した。

「ライブ何時から?」

「七時。場所は……あとで携帯に送るよ」

「うん、よろしく」

電車の音が近づき、ミーちゃんが「あれ乗るっ」と言って身をひるがえす。そのまま、「じゃあねハネ、後でね」と駆け出してしまった。俺は慌てて片手をあげる。

「うん、後で!」

ミーちゃんは長い黒髪を宙にひらひらさせて、小さくなっていった。

俺はその背中を見えなくなるまで見送って、来た道を戻り始めた。

道は乾いている。人気《ひとけ》のない街にサンダルの音がぺたぺたと響く。

影がとても長くて、ミーちゃんとカブトムシを取りに出かけた朝も、こんなふうに影が長かったかもしれないなと思った。

夏休みの記憶は後ろ姿になって、ゆっくりと遠ざかり始める。でも、東京は今日も暑くなりそうだ。

ストロベリー・ホープ

護《まもる》が帰ってきたというニュースを持ってきたのは、クリーニング屋のおじさんだった。私は仕事から戻ってきたばかりで、土臭くよごれた手を石けんで洗おうとしていたのだけれど、ピンポンが鳴って、台所に立っているおばあちゃんの代わりに玄関に出ていったところで告げられたのだ。ああ十和子《とわこ》ちゃん。もう仕事終わった時間なんだね。護くんには会いにいった？——と。

「護？」

私は間抜けな顔でその名前を口にしたと思う。こうして町じゅうの家をまわって、洗濯物を回収し手渡ししているクリーニング屋さんが、隣に住む護のことを知っていて、私と同い年だと認識していることはまったく不自然ではなかったけれど、でもその名前を耳にするのがあまりに久しぶりすぎて、私は思わず聞き返してしまった。

「護って、桜田《さくらだ》護？」

おじさんは、私の反応に驚いたようだったけれど、「若い人は時間が過ぎるのが速いのかな」と笑った。

「小学校の頃は、いつも一緒に帰ってたじゃない」

とまで言われたので、慌てて「いやいや、憶《おぼ》えてますよ！」と弁解して洗濯物を受け取る。でないと、次の家には「桜田さんちの護くんが帰ってきたのに、桐島《きりしま》さんちの十和子ちゃんときたら名前も憶えてなかった」という話になって伝わってしまう。お金を払い、おつりをもらいながら少し話をした。

「護が、ええと、東京から帰ってきたってことですか？」

「うん、さっき桜田さんちに行ったら、ちょうど着いたところらしくてね、玄関で鉢合わせしたんだ。しばらくはこっちに居るって言ってたよ」

ちなみに外は雨で、ガラス戸の外に見える土はくろぐろと湿っていた。最近は雨が多い。五月の連休が終わった頃から、この町はなぜか雨が多くなる。そうして止んだりまた降ったりしながら、梅雨まで通して降り続ける。

私が耳にした護の最後の消息は、東京で学生をしているというものだった。高校を出てすぐ、農協に勤めるようになった私には、いったい自分が何年働いて、同じ年で大学に行った人たちが順調に進んでいると今何年生であるのか、計算しないとわからないけれど、護は一度入ったとてもいい大学を途中でやめて、専門学校に入り直したり、ひときわの遠回りをしているとは聞いた。そのあとなにも噂《うわさ》を聞かないから、きっと、田舎に帰ってくるかどうかがまだ問題にならない身分なのだろうと、ぼんやり認識していた気はする。

その護が、長期休みでもない時期に実家に帰ってくることが、なにを意味しているのか——クリーニング屋のおじさんは、どことなく話したそうでもあったけれど、今は繁忙期《はんぼうき》で忙しいのだろう、領収書を切るとすぐ、玄関のガラス戸に手をかけた。

「会いにいったら？　もうずっと会ってないんでしょう」

と、出ていく時に言われた。私は笑顔をつくって「はいっ」といい返事をしていた。それはとりあえず、脊髄《せきずい》反射というか社交辞令というかそういうものに過ぎなかったのだけれど、水を跳ねさせてクリーニング屋さんが駆けていった、庭の飛び石を眺めている間に、私はゆっくりと護のことを思い出そうとし始めていた。

雨音がする。玄関からはみ出した家の灯りが、濡れた地面を光らせている。いつのまにか、領収書を受け取った指に力が入っていたらしく、かさりと紙の音がした。

護は私の幼なじみだ。

私たちはきっと、大人が見れば目尻を下げてしまうほどの、絵に描いたような幼なじみ同士だったに違いない。クリーニング屋さんが言った通り、私と護は、記憶にある限り幼い頃から、多分小学校いっぱいくらいまでは、帰り道を一緒に歩いてきた。四方八方にどかんと山が立ちふさがるこの町で、ひときわ奥まった集落に住んでいる私たちは、必然的にふたりきりで歩く時間が長かった。晴れの日はあぜ道に入って道草をくい、雨の日は傘をぶつからせて身を寄せおしゃべりをした。

　護はとても「いい」男の子だった。いい男の子、という言い方は普通あまりしないのかもしれないけれど、私と数人の友だちは、「悪い」男の子の対義語としてその言葉を使うことがあった。悪い男の子とはむろん、道ばたに落ちている蛾《が》の死骸《しがい》を持って追いかけてきたり、パーカのフードに生きたカエルを入れたりしてくるクソガキのことで（死んでるカエルのほうが多分もっとやだけど）、いい男の子というのはその逆、大人しく無害な子のことだった。

　うちの小学校は小さくて、しかも私の学年は男子十人女子五人というちょっとアンバランスな構成だったため、女の子五人で、たまにこっそりと、男子を「いい」と「悪い」に分ける遊びをした。外体育で幅跳びをする前の休み時間なんか、手持ちぶさたな時、地面に棒で線を引き、右と左に男子の名前を書き入れていく。右はいい男子、左は悪い男子。「西口《にしぐち》、西口。あいつまじ最悪」「こないだユカちゃんのキンキ下敷きにラクガキしたよね」とか、まず名前が出るのは悪い男子のほうで、それが上から三つ四つ一気に並んだ後で、「でも中田《なかた》くんは、いい」「あいつ、いいやつ」と「いい男子」の名前が出始め、それから残りの男子を便宜《べんぎ》的にどちらかに分ける作業になる（微妙なラインで「どっちか」を決めるのも意外と盛り上がる）。護は、その最後の最後で、みんなが無言のままに、「いい男子」の末尾に入れられるような子だった。関心を持たれていないわけではない。あきらかに「いい」ほうすぎて、わざわざ議論するまでもないし、あんまり話すと、彼に向けた好意の一片がばれてしまう——そんな感じだったと思う。あの頃の私たちは、みんなどこかしら、護の一部を好きだったんじゃないだろうか。見た目が、子どもの中でも清くかわいらしかった。高学年になると、その中に、強く育っていくであろう身体の線が見え隠れしてわずかに異性のにおいがした。頭がいいのに、朗読なんかで先生にあてられると、はにかんで小さい声しか出せなかった。——客観的に見ても、小学校でモテるタイプだったはずだけれど、五人しかいない女の子の中で、護のそういう「いい」部分を最も多く知っているのが私であることは誰の目にも明らかで、多分それゆえ、護を好きだと言い出す子はいなかったのだ。

十和ちゃんと護くん。子どもの頃は、スプーンとフォークみたいに、セットでそう呼ばれた。先生も友だちも近所の人たちも、みんなそういうふうに呼んだ。

「護くん」とセットになっている私はラッキーなのだ。そう気付いたのは八つか九つの頃で、西口みたいな悪い男子が幼なじみじゃなくてほんとによかったあ、と無邪気ににまにましていたのだけれど、もう少しだけ大きくなると、幸運を享受《きょうじゅ》するにも、小さな不安のようなものが生まれてきた。

――こんなに「いい」男の子と、私が、一緒にいていいのかな？

それはカタツムリの目ほどもない、本当に米粒以下の不安だったし、口にしたら卑屈な言葉にしかならないとわかっていたから、護にも他の子にも告げたりはしなかったけれど、確かに私の内部にはあった。

だからきっと、中学へ進んだ機会に、私は護と「セット」の場所から離れてしまったのだ。護となら、学校で口をきくのは照れくさくても、帰り道や、家に帰った後で、仲良くする時間を持つことはできた気がする（小学校を出る直前まで、私は夕食後の護んちにあがりこんで、宿題を手伝ってもらうことがあった）。でも私は、ふもとの中学と合同で練習する吹奏楽部を選び、放課後の時間を全部つぶした。授業が終わるとマイクロバスでそこの中学へ行き、帰りはそのまま、バスで戻ってきて家の前で降ろしてもらう。きつい練習と、見慣れぬ顔に囲まれる緊張で、私は帰るとヘトヘトだった。勉強もろくにせず、めし・風呂・寝るというオヤジの三点セット生活を素でなぞってしまう。

それを二年も繰り返したら、私はいつのまにか、「十和ちゃんと護くん」の片割れではなくなっていた。中学三年の春、護は同じクラスの女子と付き合い出した。それはとても「いい」子らしい、交換日記をしたり日曜日に隣町のショッピングモールで会ったりといった、清い交際だったらしいのだけれど、私はひそやかな失望を感じた。護に対する失望じゃない。やっぱり私は、「いい」男の子と一緒にいるべき子じゃなかったんだという、自分の立ち位置への失望だった。

――幼なじみってこんなものなんだ。

雫《しずく》のついたビニール傘の向こうに、護と彼女の後ろ姿を見ていた。珍しく部活がない日の学校帰りで、校門を出ようとしたところで、ふたりの背中を見つけてしまい、動くに動けなくなってしまった。

そのまま別の高校に進み、私は護と口をきいていない。

それでも、雨の中をすぐ護に会いにいったのは、単に好奇心からだったと思う。

なにしろ時間が経って、私は、恋人たちの後ろ姿に傷ついた十四歳じゃなかった。

もう二十三で、この町から出ないままでも色んな人と会って、人並みには恋をしていい。だから自分が護の「幼なじみ」に過ぎなかったことを気にしているわけじゃない。

「護が帰ってきたらしいんだよ、顔見にいきたいから、なんか桜田さんちに届けるものちょうだい」

とおばあちゃんに言い、畑でとれた野菜を持って護の家に向かった。「隣」とはいえ、家もまばらな集落だから、畑をはさんで五十メートルほど離れている。半端な近さで面倒だったけれど、一応傘をさした。

護の家は、農家だった名残《なごり》をとどめて、とても古く広い。玄関で「こんにちはぁ」と呼びかけても、一回では届かないことが多く、こんにち、はあ！　と声を張り上げてやっと、おばさんの返事がかえってくる。

「はあい」

スリッパをぱたぱたと鳴らして廊下を駆けてきたおばさんは、私の顔を見ると、「あら、十和ちゃん」と顔をほころばせた。そうしていきなり、奥へ向かって声を張り上げた。

「護！　十和ちゃんよ！」

ぎょっとした。そういえば昔は、私が玄関に立つと、すぐにおばさんが護を呼んでくれたけれど、そんなの何年もないことだった。私が桜田家に回覧板やおすそわけを持ってくることはたびたびあったけれど、そこに護がいたことはなかったのだ。今、いきなりこうして昔の「お約束」を持ち出されると、どぎまぎしてしまう。

「あ、あの、護、帰ってるんですか？」

一応知らなかったふりを試みたものの、おばさんは、「クリーニング屋さんに聞いたんでしょ、さっき急に戻ってきたのよ」とこともなげに言った。

ふたりで家の奥に目をやる。返事はない。灯りの少ない廊下が、奥に向かって消えていくようにしんとのびているだけだ。

――今更、「十和ちゃんよ」って言われても、別に会いたくないいんじゃないのかな。

そう思ったところで、廊下の奥のふすまから、ひょいと頭が出た。ああ、護って大きい声が出せないから、いつもおばさんに呼ばれても返事をしないんだった、と急に思い出した。頭の出る高さが違ったけれど、周りの薄闇から浮いた白い顔の色が、そのままだった。

護はひたひたと廊下を歩いてきた。こちらへ近づいてくる姿が、小さい頃のまんまに見えたり、居間の灯りが漏れたところでは急にのっと大きくなったりして見えた。

そうして私の前に立った護は、やっぱり昔とだいぶ身体の大きさが変わっていたけれど、護そのものだった。

「十和ちゃん」

すぐそばまで歩いてきてやっと、ひっそりと笑うのも、護の癖だった。なにもかもが懐かしくて——忘れたと思っていたフィルムが頭の底から次々と引き出され、「今」に重なっていくのが面白くて——私は思わず顔を崩して笑っていた。

「護」

右の頬の下の、輪郭《りんかく》から外れそうなところにぽつんとほくろがある。のも、今、思い出した。

「護う」

ともう一度呼んでしまった。大人の顔の護が笑った。

夕飯前だったけれど、私は空気を読まない子どものように、護の家に上がって居間のざぶとんについた。会社勤めのおじさんは、年々帰りが遅くなる。多分桜田家はうちよりだいぶ夕飯が遅い、だからちょっとくらい居座っても大丈夫だろうと思った。おばさんが、わざわざ揚げたいもを出してくれたのは申し訳なかったけれど。

「十和ちゃん、これ好きだったわよねえ」

「わー。大好き。いただきます」

ほくほくのいもに塩をふって、手でつまむ。護の家のおやつはいつもこういうもので、スナック菓子とかは絶対出てこない。それは一部のクラスメイトには密《ひそ》やかに不評であったけれど、私は、こういうおやつだから護のような子が育つんだよなあと納得し、野菜を味わっていた。

「おいしい！」

台所に戻ったおばさんに聞こえるように、大声で言う。皮のまま揚げたいもは、皮がぱりぱりで、中身はあったかく口のなかでほろほろとこぼれていく。ほんとうにおいしい。つい夢中になって食べ続けてしまいそうだったけれど、ちゃぶ台をはさんで向かいに座った護に、じっと見られているのに気付いて、我に返った。

――やば、これじゃただのいも食べにきた子だよ。

「護も食べなよ」

と皿を押し出してみたけれど、護は手を後ろについたまま、「さっき食べたから」と言った。

間を、意識してしまう。縁側に面したガラス戸は、昔のがたがた鳴る木枠のものじゃなく、アルミサッシにリフォームされていたけれど、家のどこからか風が入ってきて、うちより大きく雨の音が聞こえた。

蛍光灯の下で改めて見ると、護の顔立ちが、子どもの頃と結構違っているのがわかった。もちろん同じ人ではあるのだけれど、子どものふっくらした肉が頬やまぶたから取れてしまって、輪郭を変化させている。昔の護は清いとしか言いようのない顔立ちだったけれど、今はそこから瑞々《みずみず》しさが削《そ》げて、少しそっけない、淋しい感じがした。東京で長く暮らしたわりに、髪の色や服装の感じが変わらず、地味なままなので、そのそっけなさがごまかされず目立ってしまう。

あまり器用に生きられなかったのかもしれない、と私は思った。東京での護を、想像して。

私が口いっぱいにいもを入れてもぐもぐしているうち、護はふっと短く笑った。

「十和ちゃん、変わんないね」

「え!」

びっくりして、むせそうになる。護と、顔すら合わせなくなったのは高校卒業以降だけれど、その後に髪も染めたしダイエットが趣味になったし（まだ高校時代比で三キロしか落とせてないけど）、今は出勤用のメイクもしている。私、これでも変わったつもりなんだけど。そう言ったら護は笑うかなあと思ったのだけれど、口にする前に彼が、笑いそうもない顔になってしまったので言えなかった。

「よかった」

護は目尻を下げて、でも眉をぎゅっと寄せた、変な顔になっていた。今にも泣くところのような気がした。そうだ、私はごくたまに護のこういう顔を見た、転んで膝を擦りむいた時なんかに——。

護の顔を手がかすめる。大きくて節くれていすぎて、誰の手だ、と一瞬思ったけれど護の手だった。顔に比べるとすごく黒ずんだ手の、中指で、護は少し眉間を触り、そしてすぐに手を下ろした。私は今確かに護が泣いたような気がしてどきっとした。

私はその後、雨の音の下で、ほとんど一方的に話をした。当たり障りのない話題を選んで。護が東京で何をしていたのか聞けなかったから、私が今何をしているかも言えなかった。ただ天気のこと、まだ梅雨《つゆ》には早いはずなのに何日も晴れの空を見てないよとか、去年やっと国道沿いにわが町初のコンビニができて、ロッピーでチケット取れるようになったとか、本当にどうでもいいことばかり話した。護はもう泣きそうな顔をしないで、最初に顔を合わせた時の、ひそやかな笑みを見せるようになっていた。でも柱の時計が六時を打って、「やば、そろそろ帰らなきゃ」と私が言うと、露骨に気が抜けたような顔をした。夕立前の空を見ているようで、私ははらはらした。

「十和ちゃん、いつも帰り早いの」

玄関で別れる時、そう訊かれた。私は傘をさしながら、「うん、九時五時」と答え、振り返って付け加えた。

「また遊びにきていい？」

護は黙ってうなずいた。本当に嬉しい時護は声を立てない、ということを思い出し、また懐かしさがこみ上げたけれど、同時に針ほどの痛みを胸に感じた。私の訪れがそんなに嬉しいくらい、護は淋しいのかと思って。


雨は長い独り言のように降り続け町を濡らす。

山の色が、降り始めの頃はまぶしく見えたけれど、あまりに長く雨が続くと、濡れ切って途方に暮れたように見えてしまう。傘の上で鳴る太鼓のロールも、毎日同じでは聞き飽きる。

私は昨日防水スプレーを上塗りしたパンプスで、仕事に出かけた。ぺたんこだけれど、メタリックなピンクとつまさきのギャザーがかわいいやつ。どうせ作業着に着替え靴も履き替えるのだけれど、一日のなかで何十分かくらい、自分がかわいいと思う服を着ていたい。そうじゃなきゃどんどん流されてしまう。

水色のラインにのってイチゴが流れてくる。高校時代、バイトで入った時は、大量に流れてくるフルーツを見て、なんだこれーかわいいーとびっくりしたのだけれど、今はただの、選別前のイチゴだ。大きさと形とで、等級別に分けていく。大まかには機械で分けられているけれど、私はそこを通過したもののなかから、形や色が悪いのを一瞬で見て取り除かなくてはならない。スーパーに行って、パックの中に整列した粒ぞろいのイチゴを見かけた時には、自分がつまみ出した白いイチゴや、ぼこぼこのイチゴのことを少し思うけれど、作業をしている最中になにか思うことは少なくなった。大人の私には、他にもっと考えなければならないことがある。

「山内《やまうち》さん、とうとう離婚成立したってね」

「介護問題でしょ。お母さん、嫁にひどかったもんね、元気な頃から近所で有名だったよ。意地悪ばあさん」

「あそこんち、上にきょうだいもっといるのにね。全員東京に逃げて、末っ子に押し付けたって感じなのよね」

休憩時間、聞こえてくる噂話に、私は「へえ」とか「すごいですね」とか適当に相づちを打つ。ここでは年のばらばらな女の人が、仕事場にいるごく少数の男の人について話していることが多い。知りたくなくてもたいがいの情報は筒抜けになってしまう。

持ち場に戻る途中で、私は「山内さん」に目をやる。目が合ったら気まずい思いをするだけだと知っていてもそうしてしまう。彼は山ほど積まれたカゴの横で、伝票を手にし、若い人に指示を出していた。

付き合っていた。おととしの、しかも半年に満たない短い期間だったけれど、私は十も年上の彼のことをそれなりに好いていたと思う。田舎で不倫、自殺行為なのか黙殺されるものなのかわからなかったけれど、お互いに口外しないだろうという信頼があり、見つからないように気をつけてもいた。陽に焼けた精悍《せいかん》な頬が、年のためわずかに崩れてきているのがいとおしかった。ふたりきりで会うと私はまず頬を寄せ彼の肩に抱きついた。

けれども親の話が出た時、私は逃げた。俺末っ子で、母さん年行ってるんだ。結構まだらボケ入ってきててさ……。それはただ流れで出た愚痴のひとつに過ぎなかったけれど、私は色んなことをそこに察して、子鼠《こねずみ》のごとくさっと退《ひ》いた。その頃既に奥さんは家出がちになっていて、子どもの顔を見るためにたまに戻るだけの状態で、いずれ離婚することはわかっていた。もし私が後妻として入ったら、周りの目はどうだろう。しかも赤の他人の介護が待っている。私まだ若いのに。

勝手に色んな想像をして、ゆっくり自然消滅に持っていったのだけれど、最近、その時の勘がすごく当たっていたことがわかった。山内さんのお母さんの話は、ワイドショーに追われているみたいにいくらでも出てくる。奥さんが家に戻ってくることがなくなっても、あの時あんなひどい嫌がらせをしたらしいとか、こんな言葉で嫁をなじったとか、過去形のエピソードは尽きることがなく、今回息子が正式に離婚したことで、話題はまさに旬《しゅん》を迎えていた。

でも山内さんは今も職場にいる。彼の疲れた顔、あるいは気を張った顔を、私は視界に入れなくてはならない。しかも彼は私を責めず、職務上の立場を利用してああだこうだするわけでもなく、ただ普通に働いている。それゆえ罪悪感は際限なく湧いた。

逃げた。捨てた。きっとちゃんとした人だったのに。ちゃんと私を好きでいてくれたはずなのに。だから私も色んなことを我慢するべきだったかもしれないのに。奥さんが我慢してくれなかったことを、私が――。

イチゴを選《よ》り分けながら、いつの間にか堂々めぐりの後悔をしている。とてもやさしくつかまないと、イチゴに私の暗い念が入って味に影響してしまう気がする。私が触れるのは取り除かれるイチゴなのに、さらに私のせいで美味しくなくなったりしたら、悲しすぎる。

護が戻ってきて三日ほど経つと、彼の名が休憩時間の話題にのぼった。桜田さんちの護くん、帰ってきたんだってね。あの、できた子でしょう。一橋《ひとつばし》まで行ったのに、何年かでやめちゃったのよね。できすぎた子も、かわいそうなもんだわ。きっと頭がいいから色々考えちゃうのよ……。

山内さんちの事情を知ってしまったように、私は噂から護の事情を全部聞かされてしまいそうだった。何故大学をやめたのか、その後なんの専門学校に行って、どうして今帰ってきたのか。

「桐島さん、ご近所で年も近いでしょ。なんか聞いてないの」

と水を向けられ、私は笑顔で首を横に振った。そうして、人から聞いてしまう前に、できれば護の口から直接色んなことを聞きたいと思った。せめて、今度は。

日曜の、午前中のうちにまた「おすそわけ」を抱えていき、護をドライブに誘った。

「天気いいし、どっか行こうよ」

久しぶりの晴れ間だった。こういう時に楽しいことをしないと、雨の間を乗り越えられない気がして、私はいつも友だちに片っ端から電話をかけてしまう。最近、女の子たちには振られることが多いけれど（結婚したり、子どもがいたりする子が増えてきた）、護は急な誘いを断らず、スウェットからガーゼのシャツに着替えて私の車に乗った。この間と違って、護は普通に機嫌良さげだった。

「どこ行くの？」

と訊かれ、私は「どこでも！」と答える。

「私もうここら辺の観光地ばりばり詳しいよ、カーナビ要らずだよ」

無駄な意気込みのために自慢すると、護に小さく笑われた。

「十和ちゃん、たくさんデートしてるんだね」

余計なことを言ってしまった。しかし否定する気にはならない。山内さんと会う時は、地元民が集うショッピングモールを避けて、県境近くの観光地ばかり回っていたし、その前、若気の至りで隣町の走り屋と付き合った時も（きっかけは友だちの紹介）、車のデートが圧倒的に多かったのだ。

「たくさんの人とはしてないけどね」

そう答えておく。護は少し黙った後、「十和ちゃんも大人になったんだね」と言ってまた黙った。しばらく間を置いて、自分で噴き出す。

「いやらしい意味じゃなかったんだけどっ……！」

と言って、ひとりで顔を赤くしているのがおかしくて、私はげらげら笑った。「思ってないよ、そんなこと」とフォローしてもなおうろたえ続ける護は、昔のままに思える。

そこからは打ち解けた感じになって、私たちは音楽もかけずたくさん話をした。十和ちゃん、仕事なんだっけ、と訊かれ、この間は話せなかった仕事の話をした。農協での仕事の内容。職場でできて、もう結婚退職してしまった友だちのこと。そこから飛んで、結婚した同級生たちの近況。護は、田舎残留組の子たちのことをなんにも知らなくて、こちらの同級生とはまったく顔を合わせていないことが知れた。

「そういえばさ、西口と会ったことあるよ……偶然、新宿で」

東京でのことに、護も断片的に触れるようになった。

「俺は大学のやつと飲んでて、向こうはなんか、怖そうな人たちと一緒にいたんだけど、西口、俺の顔見るなり、『護じゃーん』って抱きついてきたの。一瞬西口だってわかんなかったし、男に抱きつかれたの生まれて初めてだから、超あせった」

私たちと同じ小学校で、随一の悪ガキだった西口は、高校を出た後仕事の当てもなく東京に行って、消息が知れない。護が会ったのは「消息が知れない」状態になってからの西口らしかったけれど、私はそのことについて言わないでおいた。ただ、西口に抱きつかれてフリーズした護を想像し笑った。

車は南の峠に向けて走らせた。あまり高いところまでのぼらない山の中腹に、みずうみがある。この時期は雲が出て見えないことも多いのだけれど、今日は道の途中からきれいに見えた。

みやげ物屋や茶店がくっついた駐車場に車を停め、みずうみの傍まで歩いた。風が山の上から下りてきて、首筋をさらわれると少し寒い。風が吹くと、湖面に小さな凸凹が無数に浮かび上がり、その上を太陽の光が転がることで、ぱらぱらと目の奥にまぶしさを散らせた。

「きれいだね」

そう言ったあとで、まったく面白味のない感想だ、と自分で思った。でも護も、「うん、すげーきれい」とつぶやいて目を細めた。湖面に少し距離のあるところに立てられた、古い柵に寄りかかり、私たちはしばらく湖面を眺めた。近くを見るときらきらと波が光っていたけれど、遠くのほうは山影を映してしんとしていた。

思い出そうとしているわけではないのに、「幼なじみ」の護と過ごした頃の空気が漠然とよみがえってくる。それは具体的で小さな出来事だったり、いつどこでと言い表せないけれど護に対して持っていた感情の色だったりした。楽しい、大好き、そういう派手な感情を抱いたことはあまりない気がする。護といる時間は、屋根越しの雨のようなやさしい音で満たされている。

そんなことを思いながらふと横に目をやると、護も私を見ていた。周りには家族連れや登山客などがまばらにいて、そう静かではなかったのだけれど、なんだかやっとふたりだと意識してしまったようで照れくさくなり、私はわざと顔を崩して笑った。でへへ。護もちょっとだけ口角を上げた。そして言った。

「十和ちゃんは、生きるために必要なことを、知ってるみたいだ」

なにか二音ぐらい聞き違えているのかな、と思った。どこか言い換えればどうってことない言葉になるのかもしれないと。でもそうはなりそうもないし、私が考えている間、護の表情は変わらなかった。口角だけ笑っているけれど、眉根が困ったふうに寄っていた。

「……護は」

ここでごまかしたらいけないと思って、私は単刀直入に尋ねた。

「自分はそれを知らないと思ってるの？」

生きるために必要なこと、なんて私は知らない。少なくとも、あれとこれとそれ、と言葉でつかみ出せる気はしない。でもさっきの言葉から察するに、護にとって、それは「十和ちゃん」にあり、「自分」にないものという認識になっているらしかった。

「うん」

護は湖面に目を戻した。横顔になる。

車の運転席から見た時も少し思ったけれど、横顔が一番、子どもの頃の面影がない。男の子はみんなそうかもしれない。

「俺、なんにもわからなくなっちゃったよ」

こんなに晴れていて湖面もまぶしいのに、私は、護のほうからさっと細かい雨が吹きつけてきたような気がした。彼は、この間も見せた、眉間を中指で触る仕草をした後、うつむき、足元に視線を落とした。

護がなにを言わんとしているのか、半分もわからなかったけれど、私はその雨の吹きつけるほうへそっと寄っていって、護にぴたりとくっつきたいと思った。それが、幼い頃と同じように、性的なことやなにやらとまったく関係ないのなら。

少し迷って、結局袖《そで》の上から軽く腕に触れた。大人になると色んなものが邪魔をする。ここが、今、護に近づける精一杯のところ、と思った。

私は護が戻ってきてよかったよ、今ここでこうしていられてよかったよと、シャツの布越しに手のひらで話しかけるようにして強く念じたけれど、伝わったかどうかはわからない。

白いガーゼのシャツには、シンプルな水色の格子《こうし》が入っていた。私はそれを、護にもみずうみにもすごく似合うと思う。

湖畔の茶店で、ソフトクリームを食べて帰った。

ソフトは、「名産！」と謳《うた》われた「岩塩ソフトクリーム」なるもので、「みずうみと関係ないじゃん」「別にここで岩塩とれないじゃん。ニュアンス？」とか茶化しながら食べたらお約束で私が手をすべらし、まだ三分の一も食べていないやつを駐車場にべたっと落としてしまった。護が、おずおずとだけれど「食べる？」と自分のあまり減っていないソフトを差し出してくれ、私は「いいの？」といったん遠慮しつつ結局もらうことになった。

「て、いうか正直微妙な味」

と護が目を泳がせて言うので笑ってしまう。私にはソフトはおいしかった。

帰りの車の中で、護は大学をやめた話を初めて私にした。

「俺、法学部ってところにいたんだ。法律の勉強して、弁護士とか目指すところ。高校時代は、それで生きていけるような気がしたし、大学に受かった時も嬉しかった。――でも、なんか違ったんだ」

淡々と話しているようだったけれど、話が簡単だからじゃなくて、護がずいぶん考えて、整理されているからだろうと私は思った。

「俺には、あそこの人たちは、立派すぎたよ。立派って言ったらあれだけど……堂々と自分がはまるところを持っているっていうか、社会のピースを埋める覚悟があるんだ。でも自分は違うと思った。だからやめて、映画の専門学校に行ったんだ。なんか、きれいで無駄なものを作りたい気がして」

映画、というのが私の知っている護と結びつかずどきっとした。高校以降の趣味だったんだろうか。

「でも、やっぱりそこも大学と同じだった。無駄なものなんて、いらないところだった。卒業だけはしたんだけど、後が全然続かなかったよ」

護はそこまで話すと、全部言ってしまったとばかりに黙った。

「護、もう東京に戻らないの?」

と尋ねると、「そうだね」と他人事のような言葉がかえってきた。

「まだアパートは引き払ってないけど。もう、あそこで暮らせる気、しない」

しばらくの沈黙の後、「ごめんね、なにも気のきいたこと言えなくて」と私から口を開くと、護は「聞いてもらっただけでじゅうぶんだよ」と言った。一拍遅れて笑うのが聞こえた。

「親にまだ話せてないんだよね。お金ばっか出させて、何者にもならないで戻ってきて、どうしよう?」

あくまで軽い口調だったけれど、護が一番気にしていることに違いない。

「大丈夫だよ。おばさんもおじさんもそれで怒ったりしないよ」

と言った。ただの慰めじゃなくて、実際そうだろうと思ったのだけれど、果たして励ましになったのかどうかはわからない。

生きるために必要なことってなんだろう?

私だってやっと立っている気がするのに。でも、多分護は、やっと立てているような気もしないのだ。

——なんにもわからなくなっちゃったよ。

護の言ったことを思い出すと、ずきりと胸が痛む。でも、どうすればいいのかわからない。私が護に対してできることなんてあるんだろうか。——もっと言えば、一度東京に出てまで何かを探した護に、「生きるために必要なこと」たるものが、この田舎で見つかるのだろうか。

イチゴが流れていく。かたかたと動くコンベアの音の外に、降り続く雨の音が聞こえる。この雨がもっと重い音になって、梅雨に入れば、イチゴの季節は終わる。私はまた別の果物や野菜を分けたり運んだりする。

「毎日イチゴばっかでやんなる」

休憩時間に、今年高校を出たばかりの吉田《よしだ》さんが、ベテランぶった顔で言うので、みんな笑った。「食べてるわけじゃないんだからさ」と誰かが言うと、吉田さんは「においに飽きてるんだもん、スーパーで嗅《か》いだだけでおえってなるわ！」と大げさに顔をしかめた。

「吉田さん、今年初めてだから、においに敏感なんだよ。私なんて、もうそんなに意識しないもの」

と意見すると、周りのみんなも、そうよねえ、結局若いからよ、なにもかも、などと言ってうなずいた。そこで何故だか年配の和歌山《わかやま》さんが、「そういえばジャムとか果実酒とかを手づくりするのが流行ってるらしいわよ、東京で」と言い出した。真偽のほどは知らない。彼女は、語尾にすぐ「東京で」をつける。鈍行で三時間という中途半端な距離の都市なのに、どれだけ理想化しているのだろう。

「ジャムにしても食べたくないよー」

さっそく吉田さんがぼやいたのだけれど、和歌山さんが「そんなこと言わないで、やってみたら。砂糖で煮て瓶《びん》に詰めればいいだけよ、多分」とアバウトなことを言い、何人かが、じゃあさっそく今日帰ってやってみようじゃないか、ということになった。

私たちが選別した後の、一番安いイチゴは、もちろん廃棄したりすることなく、加工用にそれなりの値段で出荷するのだけれど、言えばとても安く売ってもらえる。それでジャムをつくるのだろう。レシピがわからないという問題は、吉田さんが携帯を出して検索することで解決した。

「二十分も煮るとか書いてあるよ。冗談じゃない」

ね、と吉田さんは私に同意を求めてきた。私も正直、そんなに鍋を見ているのは退屈だなあと思ったので、「そうだね」と言った。

でも休憩の後で、最初に流れてきた不格好なイチゴを見た時、何故だかごくんと喉を鳴らしてしまった。そっとつかみ上げ、甘く煮詰めてジャムにしたところを想像する。おいしいのかも、と普通に思った。

　週の半ば、私は不格好イチゴを買って帰ってしまった。護と話しながら煮れば退屈じゃないかもしれない、と思いついたのだ。

車を飛ばし気味にして帰り、護を誘いにいった。でも、留守だった。

「護なら、職安に行ったわよ」

おばさんはそう言ってから、「……あら、十和ちゃんがいるってことは五時過ぎてるんじゃない」と、時計を探すように振り返った。

「買い物も一緒に頼んだから、スーパーに寄ってるのかもしれないわね」

あんまりおばさんの様子が普段通りなので、私はそうですかと言って帰ってしまったのだけれど、イチゴをパックから取り出して気付いた。「職安に行った」と言ったおばさんは、護がもう東京に戻らないと知っている。つまり護が、それを話したということだった。

私が心配してもしなくても、ことはそれなりに流れていくものだ。少しほっとしたけれど、淋しいような感じもした。

ジャムはやっぱり護とつくりたかったので、イチゴはその日のうちに、食卓に出して家族で食べてしまった。

翌日出勤すると、朝礼に山内さんの顔が欠けていた。

「山内くん、今週いっぱい忌引《きびき》だって」

管理部のえらい人が言う。瞬間、身体の中で走るものがあった。あのお母さんが亡くなったのだ、と直感的にわかった。そして、こういう言い方はよくないかもしれないけれど、山内さんが少し楽になったのではないか、少なくとも今なにかから解き放たれたような気分なのではないかと想像した。

持ち場に向かって、ベルトコンベアの脇を歩きながら、和歌山さんが言った。

「首吊《つ》りだってね。山内さんとこの、お母さん」

私ではなく、ぞろぞろ歩いているみんなに対して言ったのだと思う。でも私はひとり、足を止めてしまった。

「自分のせいで息子を離婚までさせちゃ、立場がなかったってこと?」

「そんな気丈なことする人にも見えなかったけど」

「ああやってぴりぴりした人ほど、内面は繊細だったのかもしれないわね」

この間まで盛んに話していた人のことなのに、自殺したとなると、それ以上のことは誰も言わない。でも私は、それだけでじゅうぶん、泣き出したくなっていた。

山内さんは今、どんな気持ちなんだろう。どんなに——立っていられないような気がしてるだろう？

自分には関係のないことのはずなのに——自分で関係を絶ってしまったことのはずなのに、怖くてしょうがなかった。ずるっと寒気に足をすくわれた気がした。

寒気は仕事が終わるまで止まなかった。出荷するイチゴの運搬をしている時、私は転んだ。大事な商品がばらばらと落ち、床に打ちつけられる。一番してはいけないことだった。軽く叱責《しっせき》され、私は落ちたぶんのイチゴと、不格好イチゴを一緒に買って帰ることになった。

二階に上がって自分の部屋に入り、いったん座り込んでしまうと、もう動けないような感じがした。脚が重い、腕が重い、髪が重い。

朝から降り続く雨は、夕方になって少し強まっていた。私は暗い窓の外を、ただじっと眺めていた。なにも考えてはいなかった。

下で、護の声が聞こえた。空耳かと思ったけれど、お母さんのでかい声が一緒に聞こえたので、話をしていることがわかった。階段をのぼってくる足音がし、ふすまが開いた。

「十和ちゃん、おばさんが、下りてきたらって言ってるけど」

立っていたのは護ひとりだった。廊下から漏れる灯りで、ぎょっとした顔が見えた。私が、真っ暗な窓辺で背中を丸くしていたのだから無理もない。護は電気をつけて、畳の上を歩いてきた。

「どうしたの、十和ちゃん」

ぎこちなく言って、かがむ。護はすごくこういう役が苦手そうなのに、私は小さい頃何度か彼にこんなことをさせてしまった。育てていたアゲハの幼虫がサナギのまま死んでしまったとわかった時、好きな先生が転任してしまった時、それから——もう少しあった気がするけれど、なんだろう。

今のこれと比べたら小さい単純な悲しみだったな、と思うと涙がこぼれた。

まずい、と思い、ぱっと目をこすったけれど、息を吸ったら鼻がぐずりと鳴った。

「だいじょうぶ、少し疲れてただけ」

と言って立ち上がる。すぐに部屋を出て、照明のスイッチに手をかけたところで、後ろから護に呼び止められた。

「十和ちゃん」

護は、カバンと一緒に畳の上に投げ出されたビニール袋を拾い上げていた。中に、イチゴの赤い色がのぞく。

「これ、下に持っていくんじゃないの」

「ああ、うん――」

包みを受け取り、普通に歩いていこうとしたのだけれど、そこで護が、私の肩に触れた。「つかむ」という感じではなく、指先をぴっとそろえたまま、どこかぎこちなくはあるけれど、丁寧な触れ方で。

何か思って、護の顔を見上げるより先に、触れた指先から流れ込んでくるものを感じた。熱、ではない。もっと温度が低くて、でも容量のあるもの。はっきりと何とは言えないけれど、私がさっきまで眺めていた雨の降る暗い空間、底なしの夜空が、それによって一気に埋まっていく気がした。

思い出す。この間の日曜日、みずうみを眺めながら、自分が護の腕に触れて思ったことを。

――私は護が戻ってきてよかったよ、今ここでこうしていられてよかったよ。

波や風が、引いていってまた返してくるように、それがそのまんまさっと返ってきた気がした。

一応我慢しようと思ったのだけれど涙があふれて、私は護の胸にしがみついていた。護は黙って、私の肩から手を離し、それを後頭部に置き直してくれた。

十和ちゃん。――十和ちゃん。

何度か、ただ私を呼ぶような声を聞いた気がするけれど、気のせいかもしれない。涙や洟《はな》がごぼごぼ湧いて、声を殺しても頭が痛いほどで、耳もきんと詰まっていた。でもその護の声は、小さい頃聞いたもののように、私を無条件に安心させるのだった。

記憶があふれる。晴れの日も雨の日も、ただそこにいる護。

護はそこにいようと思っていてくれたんじゃないかもしれないけれど、私には、他の子に代えられない、ほんとうに「いい」護だった。

私は、山内さんとのことを護に話さなかった。護が、私に、「聞いてもらっただけでじゅうぶんだよ」と言ったように、私は涙を受け止めてもらえればじゅうぶんだった。

翌日の午後、忌引のはずの山内さんが職場にやってきた。忙しさの合間を縫ってやってきたという感じで、ネクタイをせず、シャツのボタンを少し外していたけれど、見慣れない真っ黒なズボンをはいていた。事務室で、社長に頭を下げているところに、たまたま出くわしてしまった。

「急に、穴を空けてしまって申し訳ないです」

「いや、いいんだ。そんなことより、しっかり休むんだよ、今は」

漏れ聞こえた話によると、山内さんはもう数日休みをもらうため、それとさっき誰かが届けにいった会社名義の香典《こうでん》のお礼に、少し顔を出したらしかった。山内さんの家はここから近いので、電話をかけるくらいだったらちょっと会社に出ようということになったんだろう。

私は取りにいった伝票を持ってすぐ、事務室を出たのだけれど、通路で山内さんと鉢合わせしてしまった。目が合う。

ご愁傷《しゅうしょう》様です。――それだけ言って頭を下げて、立ち去ればよかったのかもしれない。思いついてもそうできなくて、私は無言のまま足を止めてしまった。山内さんも、汗ではりついた襟を首から剝がすような動作の途中で手を止めて、私を見た。いつも傍で見ると年の割にぷっくりしていた目の下の皮膚が薄くなって、少なくとも昨日寝ていないというのがわかった。

いろんな感情が頭の中でわっとふくらむ。ごめんなさい。ごめんなさいって、思うことが、ごめんなさい。でも怖い。でもでも、あなたのことを、どうでもいいとか思ってるわけじゃない――。

奥歯を嚙んでしまったところで、山内さんの声が聞こえた。

「大丈夫だよ」

はっとして顔を上げる。思いのほか、やわらかい声だったのでびっくりしたのだ。

山内さんは、疲れた顔のままだったけれど、笑っていた。

「大丈夫、ですか」

間抜けな返答をしてしまう。今大丈夫と言われたのに。多分山内さんは、私に気を遣ってそう言ってくれているだけなのに。

彼は「ああ」とうなずくと、踵《きびす》を返した。雨のせいで湿った空気が漂う玄関への通路を、歩いていこうとする。私はその腕を、反射的につかんで引き止めていた。

「ごめんなさい。なにもできなくて」

早口にまくしたててしまう。結局許されたいがゆえの一言だったかもしれない。でも山内さんは、目を細めて私の肩をぽんと叩き、身体から離した。

人のいない通路をたどって、玄関で傘を広げるまで、私は彼を見ていた。白い背中が、雨の中に消えていった。

なんでもできるわけじゃないと思う。誰のためにでも生きられるわけじゃないと思う。

でも、自分のできることを、もし近くにいる人に分けてあげられるなら、それは幸せだ。

昔からわかっていたわけじゃないけれど、昔のことを考えてみてもずっとそうだったような気がした。それは、今隣にいるのが護だからだろうか。

「これさ、ほんとにジャムになるの？」

「吉田さんが、結局つくったって言ってたよ。しかも『ぶっちゃけうまかった』とか言ってた」

「吉田さんて、えっと、職場の最年少の子だっけ？」

「そう。ちょっとギャルいかも」

台所のコンロの前で、私と護は鍋を覗き込んでいる。土曜日だ。

大量の砂糖をかぶせて置いておいたイチゴのかたまりは、まだ余裕でイチゴのままで、これが溶けてジャムになるとはちょっと信じられなかった。しかも今のところ、「火にかけられた青っぽいモノ」と「とにかく砂糖」のにおいしかしない。私たちはしばらく、調理実習じゃなく理科の実験を見守るように、及び腰になりながら鍋を見ていた。お母さんが、時々、うふふうと不気味な笑い声を立てながら台所を覗きにくる。

「ちょっとー、お母さんうざいー」

三回目になるとさすがに我慢できなくなり、木べらを振って追っ払った。護はどういう顔でいればいいのか困ったらしく、去っていくお母さんに対し妙な笑い顔を向けていた。

空気を変えるべく、私はコンロの横に置かれた踏み台に腰掛けて護に尋ねる。

「そういえばさ、護って、映画好きなの？　映画の話って、昔聞いたことないよ」

話題の向いた方が意外だったのか、護はちょっと目を丸くしたのだけれど、間を置いて答えてくれた。

「……うん、好き。高校に入ったら、学校帰りに映画館寄れるようになったから」

「へえ」

窓の外は、雨上がりだった。まだ陽は出ておらず、山際まで灰色の雲がぴったりと空を埋めている。でも畑に並んだじゃがいもの葉が、濡れてこれから乾くところで、湿った染みたような深い緑色になっているのがきれいだった。窓を開けているので、風が入り、それにのって鍋から立つ湯気も私の顔に当たる。あ、なんだか少し甘いにおいがする、と思った。

「どんなん観てたの?」とさらに映画の話を護に振る。護は意味ありげな間の後、ぼそりとつぶやいた。

「特撮……とか」

「え!」

護なら、この雨上がりの景色みたいな、静かな映画を好きで自分でも目指しただろうと思ったのに。意外さで絶句する私を置いて、護はどこかとろんとした目で語り続けた。

「今は特撮っていうかCGの映画ばっかだけど、俺、円谷《つぶらや》さん尊敬してるんだよね。再放送でウルトラマンとか見たじゃない、ああいうすっごいアナログな世界を、今つくったら面白いんじゃないかと……なおかつそこに美少女要素をかけたい。パフュームの三人が戦うヒロイン役の怪獣映画を撮るのが、俺の夢だったんだ」

これはだめかも……っていうか、幼なじみでもまだ知らない部分の護に私はついていけるんだろうか?と不安になったところで、「十和ちゃん!」と声をかけられた。

「鍋、なんかぐつぐついってる」

真っ赤に溶け始めた鍋の中身に、ふつふつと泡が浮かび始めている。私は慌てて踏み台を降り、木べらで鍋をかきまわした。鼻先に、甘酸っぱいにおいが一気に漂ってくる。あったかい。護もすぐ横で鍋を見下ろし、鼻ですうっと息を吸い込んだのがわかった。顔を見合わせる。

いいにおい、と言うようなほころんだ顔で、護が言った。

「冗談だよ」

私はじっと、護の目を見る。

「……違うね。特撮もパフュームも本気だったよ、今の語りだと」

思ったままを告げると、護はあっさり「バレたか」と言った。その顔があんまり涼しかったので、笑ってしまう。

「金貯めて、自分で撮ろうかな。いつか」

護のつぶやきに、私は「いいんじゃない」と答える。護の特撮なら、観てみたい気もした。

また窓から風が流れ込み、鍋の湯気が視界をかすめる。イチゴは少しずつ砂糖に溶けて、輪郭を崩しながらにおいを甘くしていく。古い鍋がコトコトと鳴る音を耳に、私は一度目を閉じた。きれいな赤だ、と護が言う、そのひとことで私はまたひとつ幸せになる。

文庫版あとがき

私には異性のおさななじみがいるはずだった。

すぐ近所の大きな家に、私と同い年の男の子が生まれていた。しかし彼は、優秀な跡継ぎが必要な家の長男だった。結果、私や同学年の女の子たちが近所の家を行ったり来たりして遊び始める時期を待たず、母親と一緒に遠くの街へ行ってしまった。生まれた時から、絶対に大学を出なければならないと決まっていたその子は、学習塾のひとつはおろか幼稚園さえない私たちの町で育つという選択肢を持たなかった。小説みたいだが本当の話だ。私は、何故か同学年の男の子がひとりも存在しないエリアで、女の子たちとだけ遊んで育った。

おさななじみという関係は、時期が来るとほどけてしまう。私が通う小学校は一学年一クラスしかない小さなところだったし、町には山と川しかなかったけれど、それでも子どもの行動半径は一瞬ずつ広がっていく。一方で、それぞれが、生まれもった自分の色を意識し始める。「家が近い」というだけの理由では一緒に遊べなくなる。

そうなった時、私には「いつも一緒に遊ぶ相手」が残らなかった。

と、言い切ってしまうとわりと頻繁に遊んでくれた子たちに悪いのだが、小学校三年から四年にかけて、私はふらふらと色んな子たちの間をさまよっているだけだった。さまよってもいなかったかもしれない。今でも憶えているのだけれど、当時の私は、学校に行くとまず、教室でランドセルをおろして、その後もう一度昇降口へ戻り、校舎の前にある、学校名を彫った石碑みたいなものにのぼった。そして石にくっついたり、座ったりしながら、担任の先生が来るのを待った（来ても「おはようございます」と挨拶をするだけなのだけれど、とりあえず待った）。石碑からおりて、校舎沿いを歩いてみることもあった。教室の窓があるのとは反対側の壁に沿って歩いていくと、体育館の手前に小さな空きスペースがあって、石が敷き詰められている。その真ん中に一本、背の高くなりつつある草が生えていた。私は時々草の様子を見にいった。草は私の背を越して大きくなった。そんなささいなことを憶えているくらい、私は始業前の長い時間をひとりで過ごしていた。教室でハブられていたわけではない。保育園から一度もクラス替えなしで毎日を共に過ごしてきている同級生に、嫌いな子はいないし自分を嫌っている子もいないと思っていた。でもなんだか、私は、ひとりだった。家の近い「おさななじみ」の友だちが、それぞれ趣味の似た子とつるむようになり、自分はこのまま無理に一緒に居ても疎ましがられるだけだろうと感じて離れてはみたものの、その後どうしたらいいのか、皆目《かいもく》わからなかったのだ。

五年生になると、女の子たちの集まりが明確な「グループ」に変わり、いつの間にか私は特定のグループに所属し単独行動を取ることはなくなったけれど、そこでも引け目のようなものは残った。何しろ三年生で毎朝石にくっついていたような私だ。どんくさいし、ズレてるし、テレビの話題にもついていけない。

その頃だ。私と「おさななじみ」だったはずの男の子の存在を知ったのは。

同じ年度に生まれたといっても、すぐ県外に出ていった彼のことを、クラスの誰も知らなかったし、当然顔を見た人もいなかった。しかし五年生のある日、その男の子が転校してくるかもしれない、という噂が立った。親に確かめたところ、確かに近所の大きな家に、「私と同学年の跡継ぎ」は存在することがわかった。途端にどきどきしてきた。

——おさななじみかもしれなかった男の子！

女の子のおさななじみはとっくに自分の手を離した後だったというのに、私はその響きに甘やかなものしか感じなかった。家が近いというだけで、友だちになれそうな気がしたし、素敵な男の子だったら、むしろ友だち以上の座を得てやる、と思った。

もっと家が近くて私よりかわいい女の子は他にいるのに、何故だろう、私だけが、彼の「おさななじみ」になれる気がした。

それはきっと、私がひとりだったからだろう。自分をひとりじゃなくしてくれる誰かを、ずっとどこかで待っていたからだろう。

結局、噂はただの噂で、彼は転校してこなかった。多分、誰かがその子の存在を初めて知り、だったらこのクラスにいてもおかしくなかったよね、不思議だね、と言っているうちに「転校してくるかもしれない」という話になっただけだったのだろう。

私は中学二年でとても気の合う女の子と友だちになり、「自分をひとりじゃなくしてくれる誰か」を待つことを忘れた。彼女と別の高校に進むことになった時に、ふと思い出しはしたけれど、例の彼に対して「今からでも引っ越してきて欲しい」とは思わなくなっていた。

私のおさななじみではない彼。遠い街に、私のまったく知らない「おさななじみ」を持つであろう彼。

都会で育ってしまった彼が、いくら大きな家の跡継ぎだろうと、何もない田舎に戻ってくる日など来ないであろうことが、十五を過ぎた私には想像できた。

ずいぶん長い話になってしまったが、『夏が僕を抱く』に収録されている連作短篇を書いたことには、そんな背景がある。

新しく小説誌を立ち上げたい、ついては「恋愛小説誌」というキャッチコピーを打ちたい、と編集の方に持ちかけられた時、私は最初まごついてしまった。「恋愛小説」なるものを書ける気がしなかった。その気持ちを正直に伝えると、編集さんは、「恋愛小説誌」というのはあくまでキャッチコピーだから、それにおさまる範囲で好きなことをやってくれて構わない、というようなことを言った。

それなら、ということで提出したのが、「男女のおさななじみ」をテーマにした連作の企画だった。私は当時二十四歳くらいになっていたと思うが、「おさななじみ」というものに対してはまだ、甘い夢を持っていたのだった。恋愛、は書けないと思うけれど、恋愛のようなもの、は書ける気がする。「おさななじみ」がテーマなら。

「自分をひとりじゃなくしてくれる誰か」が、小さい頃からずっと傍に居てくれたら。幸せだろう。失うのが怖いだろう。失わないために何をするだろう。失ったと思ったのに失っていないこともあるだろう。そんなことを考えながら書いた。

今まとめて読み返してみて驚くのは、「おさななじみ」への憧れが素直すぎるくらい小説の表面にあふれ出ていることだ。主人公たちはみんな、「おさななじみ」が大好きだ。性格や容姿や、とにかく存在すべてを肯定《こうてい》している。自分が、こんなに素直に「誰かを好きな気持ち」を書いた小説が他にあったかなぁ……と思うくらいだ（いや、案外探すとありそうな気もするけれど）。

何かと素直じゃない私が、こんなに（ちょっとくどいくらいに）「おさななじみへの肯定感」を書けたのは、きっとそれが永遠に夢の人間関係だからだと思う。繰り返しになるが、私には、異性のおさななじみはいなかった。おさななじみの男の子は、夢だけ見せたふわふわの存在のまま、私の世界からいなくなった。だから私はここに思い切り夢を書けたんだと思う。

物心ついた時からなんだかとにかく大好きな人がいて、その人に安心や楽しさをもらって日々を過ごすという、夢。

実際に異性のおさななじみを持つ読者さんからは、「ほんと、こんなのただの夢だよ夢！」と思われてしまうかもしれない。それでも、その夢の世界を楽しんで読んでいただけたなら、これ以上嬉しいことはない。

ところでこの文庫にはなんと、私の大好きな作家、綿矢りささんによる解説をいただいてしまった。綿矢さん、ストレートな解説をありがとうございました（それにしても綿矢さんに異性のおさななじみがいなくてよかった……）。解説原稿をお願いしてくれた祥伝社の担当さんにも感謝しています。そしてここまで読んで下さった読者の皆様、文庫をつくって下さった皆様……ありがとうございました。

余談だけれど、単行本刊行時、前から四つ目の短篇「遠回りもまだ途中」に出てくる「将チン」、彼にはあまりにも救いがないのでは……という指摘を受けたことがある。が、今春新潮文庫に入ったアンソロジー『文芸あねもね』の、拙作「真智の火のゆくえ」に登場する「将也」が、その後の「将チン」だ（というか、「真智の火のゆくえ」を本当はこの連作の六本目として用意していたのだけれど、当時はテーマを消化できず、また枚数も規定内におさまらない気配があったので、こうしてまったく別の機会に日の目を見ることになった）。気になる方はそちらもよろしくお願いいたします。

二〇一二年　六月

豊島ミホ

解説　幼なじみが欲しくなる。

綿矢りさ

幼なじみってそんなにいいものだろうか。いままで興味なかったのに、いまさら興味がむくむく頭をもたげてきた。私には異性の幼なじみがいないから、子どものころから知っている彼という存在がどんなニュアンスを持って心に響いてくるのか分からないけれど、この一冊を読んでいるうちにすっかり説得されてしまった。幼なじみの男の子はもう失った子どものころの夏休みを連れてきてくれる。山や田んぼの土くさい自然を、アイスやスイカのぼやけた甘い味を、夕立が降るまえの暑いのにどこかがらんとした空気感を思い出させてくれる。

うう、欲しいなー、幼なじみ。切実に欲しくなってきた。もしかしたら昔なら、幼少時代を思い出させるそれらの懐かしい装置には、それほど憧憬を感じなかったかもしれない。むしろ生まれ育った環境をなんの疑いもせず受け入れて小さくまとまって生きることに反感を覚えて、その世界から抜け出そうとしていた。でも上京して、また故郷へ戻って、子どものころとほとんど同じ場所に住んで初めて分かることがある。一人では昔に戻れない。でもだれか一緒に時を経てきた人と手をつなげば、今現在の自分たちを忘れずに、かつ相手にまだ残っている昔の面影を見て、子どものころにタイムスリップできる。

幼なじみに夢を持ちすぎだろうか。でも六つの短編を読んでいるうちに、夏も恋しくなる。心の景色がすっかり塗り替えられてしまった。

短編のなかの季節が夏であるだけでなく、なんていうか会話や主人公の考え方や描写、すべてが〝あのころの夏〟で、題名通り夏に抱かれてしまって、これを書いているいま現在が六月だけど、もうすぐいやでもやってくるはずの夏が待ちきれない。むし熱く、うだるような熱帯夜の夏のイメージは本書から漂ってこなくて、どちらかというと夏ならではの涼しさ、茣蓙《ござ》のしゃりっとした手ざわりや夕立のあとの空気のひんやりさを思い出させる。

ノリは軽くて楽しいけど相手の気持ちの揺れを推し量りながら進む繊細な会話も、初夏になると緑のなかに立ち込めるむわんとしたカルキくささに似た青い性欲の発露も、なんか色々と恥ずかしかった時代を思い出させる。でもこうして淡いきれいな色使いで描写されると、あのころは恥ずかしかった時代じゃなくて、むしろかけ値なしの素直さをなんの驕《おご》りもなく持てていた貴重な時代だったんだなと思える。ゆっくりフェイドアウトしてゆく終わり方のちょっと昔のポップスソングを古くさいと思っていたけど、今聞くとなんとも言えないなつかしい味わいがあって、胸がぎゅっとなるような貴重さ。

「遠回りもまだ途中」の主人公有里《ゆり》の幼なじみの男の子、岬《みさき》は、おたくで汚らしい恰好だけどとてもいい人で、有里が彼の価値に気づくのが読んでいてうれしい。どんなかっこ良い男の子でも、ウマが合わなければ一緒にいても楽しくない。情けないところもイヤというほど知っているけど、やっぱりあいつのそばにいると安心するという、ともすればキレイごととして片づけられそうな心の動きを、丁寧に説明してくれるから、なんというか納得する。

　人間どうしの理屈じゃうまく説明できないくっついたり離れたりを読んでいる人に納得させるのは、きっと理屈で語っていない、うまく説明しようがないけどちゃんと成り立っている物語なんだろう。岬くんの魅力はぶさかわいいとか、不器用だけど一途だとか、一言で説明しようと思うと、すごく薄っぺらくなる。

　でも書かれている彼の言動、たとえば有里の作ったエビフライを、別の男用と知っていながらばくばく食べてしまうところなんかの積み重ねが、心にじわっときて、段々好きになっていく。岬くんは乾いたみかんのスジみたいなにおいらしく、もっときついスメルではないかと勝手に想像していた私は、ひそかにほっとした。いや、風俗で童貞を切ってても、浪人でもデブ猫ふうのシルエットでもいいし、脂くさくてもいいんだけど、やっぱりましな匂いだとうれしいかな。

表題作「夏が僕を抱く」でもっとも顕著に出ていると思うのだけれど、豊島ミホさんは一人称が男でも女でも分け隔てなく自由に書く。私はつい、自分は男になったことがないからなどと考えて構えてしまうが、豊島さんはなんの気負いもなく、ブラウスを脱いでシャツを羽織り直すみたいにするっと男の子になる。

その垣根のなさは幼なじみという関係性にも影響しているのかもしれない。ほとんど性差のない身体つきだった子どものころの二人、でも子どものときの方が男の子と女の子の分け方はしっかりしているから、どうしてもお互い相手との違いを意識してしまう。

運動会になるといつもリレー競走のために地面に引かれたあの白い石灰《せっかい》の線ぐらいはっきりとした線引きがされて、近くに住んでいるといえどもお互い近づきにくいなか、それでも相手といるとラクだとか居心地が良いと思える関係は、男と女であることをまったく意識しないわけではないけれど、お互い人間としての核を好き合っているような、そんな関係なのだと思う。

少しちゃらんぽらんな色男のバンドマン、ハネと、幼なじみのミーちゃんが再び出会うこの話は、ほかの短編より色っぽくて、生々しくて、ちょっと夢中になってしまう。ミーちゃんは胸がなくて男の子のような体つき、ハネは図体はでかくなったものの、まわりからも心配されるほど将来のことを考えていなくて、欲していないのに励まされる始末。二人ともリアルで、渋谷の街を歩いている姿をまざまざと想像できる。年上の幼なじみだったミーちゃんが体型は昔と変わっていないのに、ハードな恋愛のさなかにいて、すさんだ雰囲気で相手に電話をかけるシーンも、ちょっとぞっとしてしまう。

ハネがなんとも言えずリアルで、男の子の体格の大きさや荒けずりさ、無頓着さなんかがありありと目に浮かぶ。脱色してちょっとぱさついた髪や、だるそうな目つき、だらしない笑み、でもまだ少年を残した雰囲気とか。×××なんてあっさり書くから驚いてしまった。まるで自分にも生えているみたいに書いてある。伏字でしか書けない自分の未熟さよ……。

先日二十五歳の弟が高校生のころから付き合っていた彼女と結婚した。結婚式で二人の思い出の写真の数々がプロジェクターで映し出されたが、二人の歴史が当たり前だが十六歳から始まっていて感動した。ずっと昔に出会って、いままで続いている関係は、同性もだけど、異性だともっとぜいたくなものだと思う。

たくさんのお金を出して買った新しい指輪よりも、祖母の代から受け継がれてきた指輪の方が、ずっしりと重く大切なのと、モノと人は違うが、似ている気がする。本書に出てくる幼なじみのカップルたちは、最初お互いの性の発露を気持ち悪い！と拒絶する。自分のなかに芽生えた、相手を友達としてじゃなく見ている思いも同時に否定して、逃げ回るが、くされ縁はいろんなやり方で二人を結びつける。

相手の外見や持っているものではなく、内面を愛せ。このよく言われる教訓をもっとも生かしやすいのが、幼なじみという関係性なのかもしれない。目の前の男の子がまだ何者でもなかった子どものころを見ていて、一緒に育てば、彼の本当の部分、核を見誤る確率は下がる。そして核の部分を愛してもらえるというのは、やはり幸せなことですね。なんで私に幼なじみがいないんだろう。豊島さんにはいるんだろうか。あー欲しいなぁ、でも願っても大人になったいまではもう手に入らないから、幼なじみってかけがえがないんだろうな。

（この作品『夏が僕を抱く』は平成二十一年七月、小社より四六判で刊行されたものです）

一〇〇字書評

夏が僕を抱く

切り取り線

購買動機（新聞、雑誌名を記入するか、あるいは○をつけてください）	
□（　　　　　　　　）の広告を見て	
□（　　　　　　　　）の書評を見て	
□ 知人のすすめで	□ タイトルに惹かれて
□ カバーが良かったから	□ 内容が面白そうだから
□ 好きな作家だから	□ 好きな分野の本だから

・最近、最も感銘を受けた作品名をお書き下さい

・あなたのお好きな作家名をお書き下さい

・その他、ご要望がありましたらお書き下さい

・

住所	〒				
氏名		職業		年齢	
Eメール	※携帯には配信できません	新刊情報等のメール配信を 希望する・しない			

この本の感想を、編集部までお寄せいただけたらありがたく存じます。今後の企画の参考にさせていただきます。Eメールでも結構です。

いただいた「一〇〇字書評」は、新聞・雑誌等に紹介させていただくことがあります。その場合はお礼として特製図書カードを差し上げます。

前ページの原稿用紙に書評をお書きの上、切り取り、左記までお送り下さい。宛先の住所は不要です。

なお、ご記入いただいたお名前、ご住所等は、書評紹介の事前了解、謝礼のお届けのためだけに利用し、そのほかの目的のために利用することはありません。

〒一〇一 - 八七〇一
祥伝社文庫編集長 坂口芳和
電話 〇三（三二六五）二〇八〇

祥伝社ホームページの「ブックレビュー」からも、書き込めます。
http://www.shodensha.co.jp/bookreview/

祥伝社文庫

夏《なつ》が僕《ぼく》を抱《だ》く

平成24年7月30日　初版第1刷発行

著　者　豊島《としま》ミホ
発行者　竹内和芳
発行所　祥伝社《しょうでんしゃ》
東京都千代田区神田神保町3-3
〒101-8701
電話　03（3265）2081（販売部）
電話　03（3265）2080（編集部）
電話　03（3265）3622（業務部）
http://www.shodensha.co.jp/

印刷所　萩原印刷
製本所　積信堂
カバーフォーマットデザイン　芥 陽子

 ISBN978-4-396-33776-6 C0193

祥伝社文庫の好評既刊

石田衣良、本多孝好ほか　LOVE or LIKE

この「好き」はどっち？　石田衣良・中田永一・中村航・本多孝好・真伏修三・山本幸久…恋愛アンソロジー

本多孝好　FINE DAYS

死の床にある父から、僕は三十五年前に別れた元恋人を捜すよう頼まれた…。著者初の恋愛小説。

五十嵐貴久　For You

叔母が遺した日記帳から浮かび上がる三〇年前の真実――叔母が生涯を懸けた恋とは？

藤谷　治　いなかのせんきょ

人は足りない金もない。ないない尽くしの村議・清春が打って出た、一世一代の大勝負の行方や如何に!?

藤谷　治　マリッジ：インポッシブル

二十九歳、働く女子が体当たりで婚活に挑む！　全ての独身女子に捧ぐ、痛快ウエディング・コメディ。

平　安寿子　こっちへお入り

三十三歳、ちょっと荒んだ独身ＯＬの江利は素人落語にハマってしまった。遅れてやってきた青春の落語成長物語。

祥伝社文庫　今月の新刊

渡辺裕之
滅びの終曲　傭兵代理店
五十万部突破の人気シリーズ
遂に最後の戦い、モスクワへ！

菊地秀行
魔界都市ブルース〈幻舞の章〉
書評家・宇田川拓也氏、心酔！
圧倒的妖艶さの超伝奇最高峰。

南　英男
毒蜜　首なし死体〈新装版〉
友の仇を討て！
始末屋・多門、怒りの咆哮！

朝倉かすみ
玩具《おもちゃ》の言い分
ややこしくて臆病なアラフォーたちを描いた傑作短編集。

豊島ミホ
夏が僕を抱く
綿矢りささん、絶賛！
淡くせつない幼なじみとの恋。

桜井亜美
スキマ猫
その人は、まるで猫のように心のスキマにもぐりこんでくる。

睦月影郎
甘えないで
ツンデレ女教師、熟れた人妻…。
夜な夜な聞こえる悩ましき声。

橘　真児
夜の同級会
甘酸っぱい青春の記憶と大人の欲望が入り混じる…

喜安幸夫
隠密家族
薄幸の若君を守れ！　陰陽師の刺客と隠密の熾烈な闘い。

吉田雄亮
情《なさけ》八幡　深川鞘番所
深川を狙う謀。自身も刺客に襲われ、錬蔵、最大の窮地！